에마누엘의 메시지
Emmanuel's Book

행복한
지구 생활 안내서

패트 로데가스트, 주디스 스탠턴 편집
롤런드 로데가스트 그림
정창영 옮김

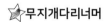무지개다리너머

EMMANUEL'S BOOK
: A manual for living comfortably in the cosmos

각각의 영혼이
자신의 인간 의식 속에
간직하고 있는 영상,
그것을 따르는 빛의 기억,
그것이 되기를 갈망하는 실재,
이미 그러하다는 진리에
이 책을 바치며.

* 에마누엘의 메시지는 한 사람이 아니라 여러 명을 대상으로 주어진 것이기 때문에 본문에 나오는 'you'를 '그대들'이라고 옮기는 것이 맞지만, '그대'라고 하는 것이 우리말 어법상 더 자연스럽다고 생각되는 곳에서는 '그대'라고 옮겼음을 밝힙니다. - 옮긴이 주

* 본문의 큰 글씨, 굵은 글씨, 이탤릭체 등으로 구분한 것은 원서에 기준한 것입니다.

차례

서시
에마누엘

내가 그대에게 드리고 싶은 선물은
나의 깊고 깊은 사랑,
진리가 주는 안전,
우주의 지혜,
그리고 신의 실재입니다.

이 넷만 있으면
아무것도 그대를 방해하지 못합니다.
그대는 그대의 가슴을 따라
신속하게 그대의 목적지,
곧 그대의 고향에 도달할 것입니다.

물론 당혹스럽고 의심이 가며
혼돈처럼 보이는 것이 있을 수 있습니다.
하지만 이런 표면의 그림자 밑에
영원한 빛이 있음을 아십니까?

이 지구 차원은
그대의 존재가 시작된 곳이 아닙니다.
그대의 존재가 여기서 끝나는 것도 아닙니다.
이곳은 단지 하나의 단계,
배움을 위한 하나의 교실일 뿐입니다.

나의 벗들이여,
마음에 깊이 새기기를 바랍니다.
그대들이 영원에
얼마나 굳건히 뿌리를 내리고 있는지를.
그대들이 그대들의 물질세계에서
얼마나 밝게 빛날 수 있는지를.
이 모든 것이 어떻게 가능한지를.
이 모든 것이
얼마나 아름답게 디자인되었는지를.

신의 계획 속에서는
어떠한 영혼도 홀로이지 않으며,
결코 길을 잃지도 않습니다.

소개하는 말:
나의 친구 에마누엘

람 다스

자신의 삶을 신께 바친, 성스러운 동료들을 찾으라고 요구하는 많은 영적인 글들이 있다. 나도 그런 존재들에게 몰두하는 것을 좋아한다. 그들을 통해서 시장 바닥에서 종종 '이것'과 '저것'에 가려 보이지 않던 나 자신과 주변 세상의 영적인 양상을 비춰 볼 수 있기 때문이다.

나의 스승, 님 카롤리 바바에게 이런 격려를 받은 적이 있다. "가르침은 어디에서나 발견할 수 있을 것이다. 그걸 찾아 배워라. 너의 직관적인 가슴은 부적절하거나 해를 끼칠 가능성이 있는 사람에게서도 유익한 가르침을 찾아 가려낼 수 있음을 신뢰해라." 스승의 격려는 나 자신을 활짝 열고, 대단히 다양한 서로 다른 전통과 가르침으로부터 풍부하고 값진 보답을 받을 수 있게 해 주었다. 노자, 붓다, 중국 선불교의 세 번째 조사인 승찬, 그리스도, 카비르, 라마나 마하르시, 발 셈 토브, 라마 크리슈나 등의 기록된 가르침에서 많은 보답을 받았다. 또는 타오스 푸에블로의 할아버지 조, 아난다 마이 마, 티벳 카규파(派)의 칼루 린포체, 베네딕트 수도회 신부 데마시우스, 라마 고빈다, 테라바다(상좌부 불교)의 사야더 우 판디타 등의 고귀한 영혼들과의 친견을 통해서도 많은 것을 배웠다. 이런 자비로운 지혜의 목소리를 테라바다 불교에서는 '칼라얀 미타'라고 한다. 영적인 여행을 하면서 서로 끌어 주고 힘이 되어 주는 친구, 곧 영적인 친구들이라는 뜻이다. 나에게는 에마누엘 역시 이런 목소리들 가운데 하나다. 여러분에게 그를 소개하고 그의 가르침을 나눌 수 있다는 것은 나에게는 특별한 은혜라고 생각한다.

나는 뉴욕의 WBAI 방송국의 한 프로그램에서 패트 로데가스트가 에마누엘이 말한 것을 소개하는 것을 듣고 에마누엘을 처음 알았다. 그는 에마누엘이라고 하는 존재와 한동안 접촉하고 있다면서, 원할 때는 언제든지 조율하는 명상을 통해서 그와 접촉할 수 있고 주변에 있는 사람들은 듣지 못하지만 자기는 그가 하는 말을 또렷하게 들을 수 있다고 했다. 그 방송 프로그램 진행자인 렉스 힉슨이 여러 가지 질문을 했고, 패트는 각 질문에 대한 에마누엘의 응답을 전달했다.

그 방송을 들으면서 나는 에마누엘의 사람을 끄는 매력과 고풍스런 정중함, 유머, 감화력, 솔직함, '최신' 정보에 정통한 것에 큰 충격을 받았다. 나는 그가 대답하는 것을 들으며 직관적으로 그를 신뢰하게 되었다. 방송이 끝난 다음, 내 개인적인 질문과 일반적인 문제에 대한 여러 가지 질문이 마음속에 떠올랐다. 그래서 나는 그 방송 프로그램을 나에게 소개해 준 주디스 스탠턴에게 나와 패트와 에마누엘이 인터뷰를 할 수 있도록 주선해 달라고 부탁했다.

인터뷰는 정원이 내다보이는 조용한 명상실에서 진행되었다. 우리가 자리를 잡고나자 패트는 나에게 대화 내용을 녹음해서 주려고 녹음기를 켰다. 패트는 나와 관련해서 자기가 본 색깔들을 묘사하기 시작했다. 그렇게 자기가 본 색깔을 설명하는 도중에 패트는 "에마누엘이 뭔가를 말하고 싶어 하네요. 이렇게 말하네요…" 라고 말하며 색깔에 대해 에마누엘이 하는 말을 전해 주었다. 그리고 인터뷰는 잠시 쉬었다가 다시 진행되었다.

패트가 에마누엘에게 '사로잡힌' 것처럼 보이지는 않았다. 오히려 패트는 자신을 아주 잘 유지하고 있는 상태에서 에마누엘의 말을 기꺼이 전해 주었다. 그는 에마누엘과 밝고, 편안하게 그리고 아주 유쾌하게 우정을 나누고 있음을 보여 주었다. 패트와 에마누엘 둘 사이의 차이점은 아주 분명했다. 가장 눈에 띠는 차이는 문장 구조, 언어의 패턴, 그리고 단어의 선택에서 나타났다. 목소리의 진동도 미묘한 차이가 있었다. 처음에는 이 미묘한 차이를 겨우 알아차릴 수 있었다. 그러나 인터뷰를 거듭하면서 에마누엘의 목소리의 진동폭이 그의 말의 내용만큼이나 깊고 중요한 가치가 있다는 것을 알았다.

그 첫 번째 인터뷰 때 자기에게 보이는 다른 이미지들도 묘사했다. 그중 이런 것도 있었다. "게임에 몰두하고 있는 당신 모습이 보이네요. 엄청나게 흥분하고 있다는 느낌이 있어요. 당신은 게임판 위로 몸을 숙이고 거기에 강하게 집중하고 앉아 있어요." 그러고 나서 말했다. "에마누엘, 도와줘요. 뭔가 더 있는 것 같은데 그게 뭔지…"

에마누엘이 말했다. "당신은 삶이라는 게임에서 아주 큰 즐거움을 누리고 있습니다. 그렇다고 삶이 저급하다는 뜻은 아닙니다. 그저 당신이 대단한 흥분에 휩싸여 있다는 얘기일 뿐입니다."

나는 헤르만 헤세의 《동방 순례》에 나오는 레오의 "모르시겠습니까? 삶이란 바로… 하나의 아름다운 게임이라는 것을"이라는 말을 강의 시간에 수없이 인용했던 기억이 떠올라 웃음이 나왔다.

패트가 덧붙였다. "당신에겐 대립하는 것이 보이지 않네요."

에마누엘이 말했다. "당신은 이미 오래 전부터 대립하는 것들을 자신과 동일시해왔습니다. 그리고 그것들이 당신 자신이 나타난 것으로 여기고 그대의 존재 속에 받아들임으로써 제거해 버렸습니다." 그 같은 그의 관찰은 옳았다. 하지만 그는 내가 거기에 만족하도록 내버려 두지 않았다. 그는 내가 아직 나의 내면에서 이런 힘들을 조화시키지 못하고 있으며, 인간의 조건으로서 나의 두려움의 근저에 깔려 있는 신성과 인간성의 이원적 분리에 여전히 시달리고 있음을 바로 지적해 주었다. 그가 말했다. "모든 것 안에 신성이 있습니다. 그러므로 신성을 발견하려면 먼저 바로 곁에 있는 물질세계에서 찾아야 합니다. … 질그릇 항아리의 진흙 속에도 신의 진리가 있습니다."

그는 내가 나의 열정을 스스로 미심쩍어하는 상황과 내가 인간성에 굴복하는 것을 두려워하고 있음을 거듭거듭 지적했다. 그는 인간적인 여러 가지 욕구가 내 영적인 여행에 아주 큰 부분을 차지하고 있기 때문에 그것을 무시하기보다는 그것을 통해서 신을 발견하게 될 거라고 나를 안심시켜 주었다.

나는 첫 인터뷰 원고를 다시 읽어 보면서 그는 내가 늘 경험하던 사람들 사이의 대화 방식과는 다르게 말한다는 것을 알고, 그와의 대화에서 혼란스러웠던 부분이 해소되었다. 사람들은 대부분, 우리가 육체와 다양한 개성을 지닌 존재로 화신(化身)한 영혼이라는 것을 인정하는 사람들조차도 대화할 때는 일종의 심리적 실체인 에고와 에고가 이야기를 주고받는다. 내가 에마누엘의 대화 방식에 익숙해지기까지 시간이 걸린 이유는, 그는 에고가 아니라 동료 영혼으로서 이야기를 하기 때문이었다. 무엇보다도 그는 시공간상의 어떤 특정한 존재와 자기를 동일시하지 않았다. 나에 대해서도 그랬다. 그는 나를 시공간상의 어떤 특정한 존재로 동일시해서 보지 않았다.

처음에는 이런 대화 방식이 낯설었다. 그래서 나는 깨우침을 주려고 하는 어떤 심리적 실체가 나에게 말을 하고 있다고 가정하고 그의 말을 에고 어법으로 번역해 보려고 애를 썼다. 그러나 서서히, 나도 환생의 한 고리를 통과해 가고 있는 영혼이라는 진실에 순응하게 되면서 그와의 대화가 명료해졌을 뿐만 아니라, 낯설었던 그 대화 방식 자체가 자유롭게 해 주는 하나의 요소였음을 깨닫게 되었다.

시간이 지나면서 에마누엘과 동료 영혼으로서 아주 편안하게 있을 수 있었다. 내 감각에 익숙한 현실 수준에서는 몸이 없는 누군가와 이야기를 나눈다는 것이 이상하다는 생각도 거의 잊어버렸다. 우리는 에마누엘이 '어디'에 있는지 또는 '누구'인지 여러 번 질문을 했다. 그는 우리의 이 쓸데없는 호기심을 만족시켜 주고 싶지 않은 것 같았다. 단지 다음과 같이 대략적인 단서만 제공해 주었다.

"나는 영이고 그대들도 영입니다.
나는 몸이 있고 그대들도 그러합니다.
물론 내 몸은 의식의 변형으로 인해
그대들의 몸과는 조금 다릅니다."

"그대들의 실재와 나의 실재 사이에
큰 간격이 있는 것은 아닙니다.
육체를 지니고 있는 인간만이
우주에서 확실한 실체를 가지고 있는
유일한 지성체라고 믿는 사람들이 있습니다.
그건 명백히 사실이 아닙니다.
우리에게도 우리의 물질적인 실체가 있습니다.
내 몸이 그대들의 몸과는 달리 사진에는 안 찍히겠지만
확실히 존재합니다!"

"그대는 내가 있는 곳에 있고
나는 그대가 있는 곳에 있습니다.
깊이와 높이와 넓이의 물질 차원은
결코 실체가 아닙니다.
그대가 만약 인간의 시야를 제한하는
안경을 벗어던지기만 하면
그대와 나는 완벽하게 동등하게
얼굴과 얼굴을 맞대고 서로를 보게 될 것입니다."

"그대들과 나는 같은 길을 가고 있습니다.
우리는 신적인 진리를 추구하며
우리의 영혼은
신과 하나인 상태로 돌아가길 갈망하고 있습니다.
우리는 모두 각자의 영역 안에서 성장하고 있습니다.
정말 그렇습니다."

그는 말한다. "나는 더 이상 달력과 시계의 횡포에 시달리지 않습니다." 죽음에 대해서는 이렇게 말한다. "나 자신은 사후 체험의 산물입니다." 자기의 역할에 대해서는 이렇게 말한다. "더 이상 인간이 될 필요가 없는 우리들은 다른 존재들을 인도하거나 가르치기에 적합한 의식 영역에 존재하고 있습니다."

인도의 위대한 성자 라마크리슈나는 영적인 감화력과 관련해서 이렇게 말했다. "꽃이 피면 초대하지 않아도 벌들이 날아온다."

그런데 에마누엘이 분명히 이 경우에 해당하는 것처럼 보인다. 지난 몇 년 사이에 에마누엘과 워크숍이나 인터뷰를 갖기를 원하는 사람들이 급격하게 많아졌다. 패트와 주디스는 녹음된 수많은 인터뷰를 베껴 쓰다가 똑같은 질문들이 너무 자주 반복되고, 그에 따라 에마누엘 역시 같은 내용을 몇 번이고 반복해서 말해야 한다는 점에 주목했다. 그래서 우리는 가장 자주 나오는 질문에 대한 대답들을 간추려 모아 그것의 복사본을 만드는 데 주력했다. 이 책은 그런 과정을 거쳐서 만들어졌다. 시간이 좀 지난 뒤, 우리는 질문의 내용을 개인적인 문제를 넘어 더 폭넓게 확장하고 싶어졌다. 그래서 우리는 에마누엘에게 책을 만들기 위해서 준비해 둔 질문들에 답을 해 줄 용의가 있는지 물어보았다. 그는 책 만드는 일에 참여하는 것을 대단히 기뻐하며, 그것이 자기가 있는 이유라고 했다.

우리는 패트와 주디스, 롤런드와 나, 그리고 물론 에마누엘과 함께 다섯이 일련의 모임을 시작했다. 모임은 즐거웠다. 우리는 에마누엘과 함께하는 영적인 여행에서 깊이 생각해 볼 문제들과 생각으로는 헤아리기 어려운 주제들을 탐구할 기회를 가졌는데, 이 기회를 통해서 우리는 저마다 오랜 세월 괴롭힘을 당하던 혼란한 문제들에서 깨끗이 벗어나는 명료함을 얻게 되었다. 기쁨은 대화뿐만 아니라, 때때로 우리가 앉아 있는 방과 거기 모여 있는 우리의 가슴을 충만하게 채우는 자비심 가득한 치유의 침묵에서도 왔다. 에마누엘은 말은 단지 어떤 방향을 알려 주기 위해서만 사용하는 것 같았다. 그는 지성을 초월하여, 분리가 사라지고 지식이 지혜에게 자리를 내주는 직관적인 가슴의 침묵 속으로 들어갈 것을 여러 번 부드럽게 상기시켰다.

언어와 침묵, 형태와 무형태, 관계와 관계를 초월하는 합일의 균형이 가르침의 정수였다. 우리는 이 가르침을 통해서 많은 기쁨을 얻었다. 우리는 에마누엘의 책을 어떤 형태로 만들어야 독자들이 이 책의 내용을 도약대로 삼아 에마누엘과 언어를 초월한 교감을 나눌 수 있는 자신의 내면의 침묵 속으로 뛰어들 수 있을지 고심했다. 그래서 우리는 이 책에 언어와 더불어 여백을 남겨 놓았는데, 읽기를 멈추고 고요한 명상 상태에서 성찰하는 시간을 가져 보라는 뜻에서 그렇게 한 것이다.

나는 강의하면서 에마누엘의 메시지를 소개할 때면 번번이 내가 에마누엘이 패트와 분리된 다른 존재라는 것을 진짜 믿는지, 또는 에마누엘이 패트가 자기라고 의식하지 못하는 패트라는 실재의 다른 부분은 아닌지 질문을 받았다. 물론 패트에게는 이것이 아무 문제가 되지 않는다. 그는 우리를 자기와 다른 존재로 경험하는 것처럼 에마누엘을 자기와 명백히 분리된 존재로 경험한다.

나는 심리학자로서 에마누엘이 패트의 심층적인 부분일 수 있는 이론적인 가능성을 생각해 보았다. 그러나 내 경험에 비추어 볼 때, 에마누엘은 개성이나 말하는 스타일 그리고 목소리의 진동이 내가 알고 있는 패트와는 확실히 다르다. 하지만 그렇거나 이렇거나 그게 무슨 문제인가? 내가 소중하게 여기는 것은 에마누엘이 영적인 친구로서 전해 주는 지혜다. 그가 누구인지는 중요한 문제가 아니다. 인도의 위대한 성자 라마나 마하르시는 이렇게 말했다. "신, 스승, 그리고 참 자아는 하나다." 이것은 대부분의 신비 전통에서 입문자들에게 "너 자신을 알라, 그러면 신을 알게 될 것이다"라고 가르치는 가르침과 맥락이 같다. 나는 에마누엘을 하나의 거울로 보기로 했다. 그래서 그가 패트의 상위 의식이거나 참 자아라면 나에게도 역시 나의 상위 의식이거나 참 자아일 수 있다고 여기게 되었다. 이렇게 되자 그동안 집착의 눈가리개 때문에 쉽게 접근할 수 없던 내 존재의 다른 부분이 나에게 말을 건네고 있음을 느끼게 되었다.

에마누엘은 자신은 물론 그 어느 누구의 가르침이든지 가슴속 가장 깊은 곳에서 직관적으로 옳다고 느껴지는 것만 신뢰하라고 거듭해서 권고했다. 이 권고는 나에게 최종적인 판단 기준이자 보호막이 되었다. 우주 철학은 본래 형이상학적이기 때문에 과학적인 또는 경험적인 토대가 없다. 따라서 존재의 가장 깊은 곳에서 최후의 확증을 찾을 수밖에 없다.

에마누엘과의 우정으로 영혼에 대한 나의 믿음은 더욱 깊어졌다. 그는 여러 가지 주제들에 대한 나의 이해를 명료하게 하고, 그 이해한 것을 더 잘 표현할 수 있게 도움을 주었다. 수많은 경우 중 하나만 예를 들자면, 강의 중에 다르마(dharma)의 요점을 설명하는 지점이 되면 에마누엘이 전해 주는 적절한 표현이나 보기가 마음에 떠오르는 경우가 자주 있었다. 이런 점에서 나는 에마누엘과 같은 존재와 친구가 된 것이 은총임을 느낀다.

다음은 에마누엘의 도움으로, 내 직관적인 이해를 확인하게 된 몇 가지 주제들이다.

1. 에마누엘은 인간이 두려워하는 어둠, 부정성, 악, 죄 등을 조금도 걱정하지 않는다. 그는 이런 것들을 육체를 입고 태어난 사람이 이수해야 할 꼭 필요한 교과 과정이라고 말한다. 그런 것들은 잘못도 아니고 영혼에게 자비로움이 없음을 보여 주는 것도 아니다. 그는 인생을 감옥이 아닌 교실로, 분투가 아닌 춤으로 보기를 권한다.

2. 그는 삶이나 죽음에서 경험하는 어둠은 두려운 것이 아니라고 몇 번이고 반복해서 말한다. 혼란, 의심, 혼돈, 위기, 분노, 절망, 고통 등은 모두 성장을 위한 아주 훌륭한 조건들이다. 그는 두려움과 내면의 어둠을 다른 관점에서 바라보길 권한다. 특히 마음이 그 시야를 어떻게 왜곡시키는지 성찰할 것을 권한다. 그는 우주의 근원이 사랑과 빛이며, 모든 경험이 그 사실을 다시 새롭게 이해하는 데 도움이 될 수 있다고 단언한다.

3. 에마누엘은 우리를 동료 영혼으로 대하면서, 삶의 모든 경험은 우리의 창조적인 선택의 결과라고 말한다. 그는 우리가 창조자(영혼)이자 동시에 창조물(육체, 개성 등)이라고 단

언한다. 그는 우리가 창조한 것에 대한 책임을 받아들이길 권한다. 그렇게 함으로써 자신을 창조물과 동일시할 때 따라오는 피해 의식에서 풀려난다.

4. 에마누엘은 우리의 인간성을 부정하는 금욕을 지지하지 않는다. 오히려 그 반대다. 그는 우리의 인간성(욕망, 집착 등)을 신의 진리를 알아차리는 단서로 삼을 것을 권한다. 삶 자체가 아닌 다른 어떤 곳에서 더 고상한 진리를 찾으려고 하지 말라고 주의를 준다. 신나게 폭소를 터뜨리는 중에 또는 장난치는 새끼 고양이를 보면서도 신을 발견할 수 있다고 말한다. 한 번은 한 인터뷰 참석자가 에마누엘의 말을 듣고 "에마누엘, 참 아름다운 생각입니다"라고 하자 에마누엘은 "우주 전체가 아름다운 생각입니다"라고 대답했다.

5. 에마누엘과 함께하면 지금 우리가 살고 있는 삶이 포함된 광대한 진화의 맥락을 이해하게 된다. 우리를 분리라는 환영의 어둠 속으로 데려갔다가 다시 합일로 돌아오게 하는 창조력, 우리가 자신을 신의 그 창조적인 맥동의 일부임을 알게 된다. 우리는 이 여행을 하면서 매순간 우리가 있어야 할 곳에 있다. 에마누엘이 지적하듯이 "현재의 그대는 미래의 그대가 되기 위한 필수적인 단계다." 미래에도 언제까지나 우리가 인간이라는 형태에 머물러야 하는 것은 아니다. 에마누엘은 자신이, 영혼으로서의 의식을 다시 일깨우는 우리의 길에서 인간의 몸을 입는 것은 시작도 아니고 끝도 아니

라는 사실의 증거임을 상기시켜 준다.

6. 에마누엘은 어둠이 어떻게 해서 지성의 산물인지를 여러 번 반복해서 말한다. 그는 내면에서 고귀한 지혜를 얻고 싶다면 판단하고, 식별하고, 양극화시키는 지성이 가슴에게 자리를 내주어야만 한다고 조언한다. 그는 이렇게 말한다. "가슴이 마음보다 영혼을 더 잘 압니다."

7. 에마누엘은 지구와 생태계는 지금 우리가 파악하고 있는 것보다 훨씬 더 심원한 변화를 겪고 있다고 말한다. 이 거대한 변화의 설계 속에는, 지금 우리가 당면하고 있는 세상에서 벌어지고 있는 일들의 의식 부재와 혼돈이 병합되어 있다. 그는 대부분의 정치 지도자들을 진정 '무엇이 더 좋은지'를 모르는 어린 아이로 묘사한다. 그들은 우리들 각자에게도 어느 정도는 있는, 사회적인 암을 앓고 있다. 탐욕에서 폭력이 나오고, 탐욕은 두려움에서 비롯되는데 그것이 사랑보다 더 강하다는 믿음이 그들이 앓고 있는 암이다. 이런 암적인 사회 분위기 속에서는 부드러움과 자비로움이 연약하고 위험한 것으로 보인다. 그는 인간이 자기들 기분에 따라 세상을 끝장낼 수 있다고 생각한다면 그것은 오만한 태도라고 말한다. 그는 말한다. "학교는 그렇게 일찍 없어질 수 없습니다. 수업의 끝을 알리는 종은 울리지 않을 겁니다." 그는 지구에 관여하길 거부하지 말라고 주의를 주며 이렇게 말한다. "좋은 세월이 많이 남아 있습니다."

8. 에마누엘은 죽음 저편의 참신한 시각으로 죽음에 대해서 상
   세하게 알려 준다. 그는 죽는 것이(어떻게 그리고 언제) 인생
   의 다른 경험들과 마찬가지로 인간의 모습을 취하는 영혼의
   계획에서 아주 중요한 부분이라고 말한다. 임종 순간의 체
   험에 대한 그의 묘사는 참으로 유쾌하다. 그는 말한다. "죽
   음이란 꽉 조여 답답하던 신발을 벗어버리는 것과 같습니
   다." 또 이렇게도 말한다. "죽음이란 담배 연기 자욱한 방에
   있다가 갑자기 문이 열려 신선한 공기와 햇빛 속으로 나가
   는 것과 같습니다." 그는 "죽음의 순간에는 매우 신선한 교
   육적인 분위기가 형성"된다고 말한다. 그리고 죽음은 "절대
   적으로 안전하다"면서 우리를 안심시킨다. 사후 세계에서
   의 체험에 대해서는, 영혼마다 한 생을 살아가면서 체험하
   는 것이 다르듯이 사후 세계에서도 영혼마다 다양한 다른
   체험을 한다고 알려 준다. 죽음에 대한 그의 이런 언급들은
   우리가 갖고 있는 사후 세계에 대한 다른 많은 보고서들의
   이야기와 맥이 닿아 있다.

9. 에마누엘은 성적 욕망, 낙태, 관계, 진리, 종교와 제의, 지구
   밖의 존재들 등 다른 여러 가지 주제들에 대해서도 말한다.
   그는 종종 과장되고 애매모호한 생각들로 둘러싸인 이런 주
   제들에 대해 밝고 명료한 견해를 전해 주어, 신선하고 건설
   적인 시각을 갖도록 해 준다.

이 모든 것 중에 실제로 새로운 것은 아무것도 없다. 에마누엘이

전해 주는 이야기는 전에 누군가가 말했거나 다른 신비주의 문헌들에 나오는 것들이다. 에마누엘도 이 점을 지적하면서 우리에게는 더 이상 어떤 새로운 정보가 필요하지 않다고 말한다. 우리에게는 이미 필요한 모든 정보가 주어져 있다. 하지만 이 모든 것이 예전부터 언급되어 왔음에도 불구하고 우리는 이런 가르침을 여러 번 반복해서 들어야 할 필요가 있다. 우리가 처한 현재의 상황 또는 시대정신에 적합한 용어로 다시 들을 필요가 있는 것이다. 에마누엘은 이 일을 멋지게 해내고 있다.

나는 에마누엘이 나에게 그랬던 것처럼, 여러분에게도 영적인 친구로서 도움을 줄 수 있기를 바랄 뿐이다.

사랑 안에서.

에마누엘과 함께한 시간

패트 로데가스트

나는 에마누엘과 함께한 시간이 어땠는지를 독자들과 나누고 싶습니다.

14년 전쯤에 TM 명상(초월 명상)을 하면서 내면에 떠오르는 환상 때문에 마음이 몹시 산란했던 적이 있습니다. 그 환상은 아무리 억누르려고 해도 계속 나타났습니다. 나는 결국 그 환상이 알아서 자기 자리를 찾아가도록 그대로 놔두기로 했습니다. 그런데 그 순간 이후 나의 삶은 마치 공상소설처럼 모든 것이 변했습니다.

처음에는 내가 환각 상태에 빠진 것이 아닌가 하는 생각이 들기도 했습니다. 매우 당혹스러웠습니다. 그래서 나는 내가 경험하고 있는 것에 대해서 다른 사람들은 뭐라고 하는지 알아보기 시작했습니다. 그래서 내가 경험하고 있는 상황과 관련된 글도 많이 읽었고, 그것과 조금이라도 관련이 있다 싶은 강의나 강좌가 있으면 거의 모두 참석했습니다. 치료도 받아 보았고, 영적인 단체에 가입하기도 했습니다. 이러는 과정에서 환상에 저항하기도 하고 자기가 알아서 흐르도록 놓아두기도 하면서 심하게 흔들렸습니다. 그것을 즐기기도 하고 부정하기도 했던 것이지요. 이렇게 탐구와 자기 정화를 계속해 나가다 보니 그 환상과 점차 친숙해졌고, 처음의 혼란이 어느 정도 편안함으로 바뀌었습니다. 매료되기도 하고 심지어는 즐기기까지 하게 되었습니다.

나는 이 탐구를 하는 과정에서 나의 삶에서 두려움이 얼마나 강하게 작용했는지 알아차리게 되었습니다. 그 대부분은 원인도 알 수 없는 막연한 두려움들이었습니다. 나는 정말 많은 것을 두려워했습니다. 처음 나타나기 시작했을 때의 환상도 그 중에 하나였습니다. 그러나 일단 환상과 편안한 관계가 되고 보니, 이 환상이 나의 다른 두려움을 해소하는 길잡이 역할을 하고 있음을 알게 되었습니다. 놀랄 만한 예를 하나 들자면, 나는 비행기 타는 것이 늘 겁이 났습니다. 그런데 나에게 나타나는 여러 가지 환상, 특히 에마누엘이 나타나는 환상에 마음의 문을 열고 그들의 지혜에 동조되자 이제는 비행기 타는 것을 즐길 수 있게 되었습니다. 나는 이제 압니다. 내가 명상을 처음 시작하게 만든 것이나 내가 본 환상들을 탐구하게 만든 것은 두려움이었으며, 그리고 그 두려움을 극복하려는 용기였음을 압니다. 나는 내 뱃속에 있는 아기와 나의 아이들에게 세상은 안전하다는 증거를 보여 주어야겠다는 강한 열망을 품게 되었습니다. 나는 내 아이들이 나처럼 두려움으로 힘들어하는 것을 원치 않았습니다. 이것이 영적인 문을 연 것에 대한 묘한 합리화처럼 보일지 모르겠으나, 실제로 그랬습니다. 이런 갈망이 영적인 여행을 하는 데 추진력이 되었고, 그 여행 과정에서 여러 가지 두려움이 점차 힘을 잃어 가고 있음을 알게 되었습니다. 나는 이제 지금은 많이 자란 나의 아이들처럼, 우주는 안전하다는 것을 알고 있다고 말할 수 있음이 너무 고맙습니다.

불안이 사라지면서 그 자리로 사랑이 들어왔습니다. 처음 환상을 본 후 2년쯤 지난 뒤에 에마누엘을 처음 보았습니다. 그는 지금도 그렇듯이 황금빛 존재로 나타났습니다. 그는 처음에는 연속되는 나의 환상 속에서 별로 눈에 띄지 않게 내 오른쪽에 서 있는 것처럼 보였습니다. 그러다가 점차 나의 내적 영상의 중심 쪽으로 옮겨 왔고, 일주일이 지나자 내 정면에 분명한 모습으로 똑바로 서 있었습니다. 나는 그에게 누구냐고 물었습니다. "나는 에마누엘입니다." 나는 물어보았습니다. "나와 함께 있어 주시겠습니까?" 그는 간단하면서도 즐겁게 대답했습니다. "예스." 에마누엘과 함께하는 시간은 이렇게 시작되었습니다.

처음에는 앉아서 명상을 하며 단순히 그와 함께하는 것을 즐겼습니다. 가장 중요한 것은 여러분도 아시다시피 무엇을 보느냐 또는 무엇을 듣느냐가 아니라 어떻게 느끼느냐이기 때문입니다. 그가 나타났던 순간부터 나는 사람들과의 관계에서는 느껴 보지 못한 어떤 낯선 사랑을 느꼈습니다. 이제는 그 사랑이 아주 친숙하고 말로는 도저히 설명할 수 없는 소중한 것이 되었습니다.

에마누엘이 나에게는 너무 편안했기 때문에 그를 신뢰하는 것은 어렵지 않았습니다. 어려웠던 것은 그와의 만남의 결과로 벌어진 모든 것들 – 개인적인 독서 그룹, 워크숍, 강의, 세계 여행, 이 책 – 이었는데, 이 모두가 내 의식 구조에 맞지 않거나 능력 밖의 일들이었기에 그것을 제대로 처리하는 문제였습니다. 그럼에도 불구하고 나에게 주어진 것들에 대해서 '예스'하고 받아들이면 받아들일수록 더 많은 '예스'는 지혜가 되었습니다. 신뢰하고, 내가 그것을 허용할 수 있을 때, 그 흐름에 따르는 것은 아주 멋진 즐거움입니다. 보상은 즉각적이고 확실합니다. 번갈아 찾아오는 깊은 평화의 느낌과 기쁨은 나를 신뢰하는 데 도움을 주었습니다. 이 신뢰의 결과는 나의 삶을 소용돌이치며 건설적으로 상승하게 하였습니다.

내가 그에게 열려 있으면 그가 거기에 있다는 것을 알기까지 12년이 걸렸습니다. 그는 자신이 말한 것처럼 나와의 관계에서 떠나지 않지만, 나는 가끔 떠납니다. 나는 또 나의 생활이 있기에 전혀 다른 것처럼 보이는 두 세계 사이에서 곡예를 해야만 했습니다. 결국 나는 모든 것을 이제는 사랑 안에 결합시키는 것이 나의 과제라는 것을 알게 되었습니다. 나는 지금 그 일을 하고 있습니다. 에마누엘과 함께하는 체험은 내가 세상을 항상 사랑과 연민으로 품을 수 있는 존재로 진화하도록 동기 부여를 해 줍니다.

많은 사람들이 묻습니다. 에마누엘이 누구냐고. 나는 아직까지 정확하게 알지 못합니다. 여러 전생에서 함께 했던 것이 아닐까? 그는 그렇다고 말합니다. 내가 이 육체를 떠난 후에도 함께할 것인가? 그는 약속합니다. 확실히 그럴 것이라고. 그는 나의 더 큰 자아의 일부인가? 아마 그럴 것입니다. 왜냐하면 우리는 모두 더 큰 일체성의 부분이고, 그러기에 서로가 서로의 부분이기 때문입니다. 내가 확실하게 말할 수 있는 것은, 내가 그 빛과 연결되어 있을 때 그리고 존재하는 모든 것이 아름답다는 진실을 완벽하게 신뢰할 때 그 빛의 심원한 영광을 체험한다는 사실입니다. 그와 대화하는 모임 중에 나는 그가 보내는 모든 것을 품어 안는 사랑을 개인적으로 느낄 때가 많았습니다. 그건 단순히 환상이거나 지적인 헤아림이 아니고, 아주 깊고 절대적인 그 무엇이었습니다.

나는 인간들의 세상이나 영들의 세계에 이용당하지 않을 것이라는 사실을 흔들림 없이 신뢰하는 상황에 도달할 때까지 오랜 여행을 했습니다. 너무 지쳤을 때, 너무 산란한 때, 또는 무엇인가에 너무 집착할 때, 일반적으로 '예스'의 길이 아닌 경우 그 길을 따르고 싶지 않을 때 '노'라고 말하는 법도 배웠습니다. 또한 나는 나의 '노' 역시 완벽한 계획의 일부분일 수도 있음을 발견했습니다.

에마누엘은 나의 삶에 여러 다른 보물도 가져다주었습니다. 내가 만난 멋진 사람들, 그들과 이 책을 함께 창조하는 작업, 이 계획을 연결하는 황금 실, 영겁을 거친 나의 친구 주디스 스탠턴. 그가 아니었다면 람 다스도 만나지 못했을 것이고 나의 워크숍 여행도 시작하지 못했을 것입니다. 또한 이 책을 만들 생각이나 용기도 내지 못했을 것입니다. 이에 대해서 대단히 고마운 마음입니다. 그러나 그가 가져다 준 가장 큰 축복은 신의 천사가 청바지에 스웨터를 걸쳐 입고 밴을 몰고 다니며, 엉뚱한 유머에 뛰어나고, 충동적인 모험을 즐기면서도 여전히 구원 계획을 성취할 수 있음을 알게 해 준 것입니다.

길을 가는 한걸음 한걸음이 이렇게 멋진 방식으로 가르침을 선사

합니다. 내가 할 일은 성장에 필요한 것들을 받아들여서 그것을 잘 사용할 수 있도록 나 자신을 여는 것입니다. 나는 귀가 아니라 가슴으로 듣는 법을 배웠습니다. 마음이 아니라 직관으로 이해하는 법을 배웠습니다.

이제 여러분에게 나의 가장 소중하고, 지혜롭고, 부드럽고, 즐거움을 주는 영원한 친구 에마누엘을 소개합니다. 에마누엘을 소개하면서 여기서는 다 표현할 수 없는 큰 자부심과 사랑과 고마움을 느낍니다. 이제부터는 에마누엘 스스로 분명하게 이야기해 줄 것입니다.

Emmanuel's Book

1
인간의 모험에 관한
요약

탐구, 모험, 배움, 즐거움,
그리고 고향으로 향하는 또 하나의 발걸음.
이것이 삶의 목적입니다.

물질적인 육체는
마치 우주복과 같은 것입니다.

그대에게는 그대의 육체가 제약,
피할 수 없는 고통과 죽음,

절박하고 걱정스러운 궁핍,
삶을 끝없이 구차하게 만드는
사소한 문제들의 상징일 수도 있습니다.
하지만 육체를
영혼이 머물기로 선택한 도구로 볼 수도 있습니다.
육체는 마치
우주인에게 우주복이 필요한 것처럼
그대가 있는 곳에서는 꼭 필요한 것이기 때문입니다. ❀

**그대의 신성을 알아차리는 법은
그대의 인간성 안에서 배우게 될 것입니다.**

영성과 인간성은 손에 손을 잡고 나아가야 합니다.
인간성이 없다면
영성은 그 뿌리를 내리고 설 토대가 없을 테니까요.

우리는 모두 하나입니다.
우리에게는 하나의 실재,
하나의 에너지, 하나의 지각이 있을 뿐입니다.
마음은 투쟁이 없이는
이 사실을 이해하거나 받아들이지 못하지만,
가슴은 이것을 알고자 갈망합니다.

그대가 속해 있는 그것을 아는 것,
그대가 안전하고 영원하다는 것을 아는 것,
그대의 영적인 실재 안에서 그대는 이미 신과 하나임을 아는 것,
이것이 삶의 목표가 아닐까요?

인간이 처한 조건과 천상은
대립하는 반대가 아닙니다.
인간의 상황은
제한된 시야 안에서, 물질적인 형태로 나타난
하늘의 복제물입니다.
인간의 어떤 경험도
영 속에 존재하지 않는 것은 없습니다.

이것이 인간이 처한 조건과 상황이
축복인 이유입니다.
인간의 상황은 영적인 상황을 비춰 주는 거울이자
정확한 복제물입니다.

모든 것 속에 신성이 있습니다.
그 신성을 발견하기 위해서는
물질 차원에서
육체를 사용해 일을 해야만 합니다.
진흙이라고 하찮게 여긴다면
그것을 만들어 낸 신성한 에너지를 의심하는 것입니다. 🌸

그대의 교과서는 완결된 상태입니다.

모든 것이 완전하게 갖춰져 있습니다. 성장하기 위해서
그대들이 무언가를 더 들어야 할 것이 없습니다.
새로운 가르침은 없을 것입니다.
그런 것은 필요치 않기 때문이지요.
영으로 존재하는 우리가 여기서 하려고 하는 것은
그대들에게 이미 주어져 있는 것을
일깨워 주는 것입니다.

그대들은 사랑으로 충만한 우주에 살고 있습니다.
우주의 모든 힘들이 그대들을 돕고 지원하기 위해서
여기에 있습니다.

우리는 그대들에게 마음속 깊이 경의를 표하고 있습니다.
우리도 인간이었던 적이 있었기에,
인간으로서 살아가기 위해서 얼마나 용기가 필요한지를
너무 잘 알고 있기 때문입니다.

삶의 체험들이란
영혼이 알고픈 것들이 겉으로 나타난 상징입니다.

내면의 빛에 대한 영혼의 의식적인 저항이
영혼들로 하여금 물질적으로 상징화된
실체 속으로 뛰어들게 합니다.
그러므로 그대가
인간으로서 경험하는 삶의 여러 가지 일들은
영혼의 갈망이나,
그 갈망에 대한 거부가 외부로 나타난 것으로 보아야 합니다.
육체 속으로 들어오는 영혼들은 모두
이러한 부정성을 지니고 옵니다.
그렇지 않다면 태어나지도 않았을 것입니다.

인간의 삶 속으로 뛰어들었을 때
그대는 지각 오류 속으로 들어온 것입니다.
동양의 전통에서는 이것을 환영이라고 하지요.
그대가 이 환영을 진실인 것처럼 착각한다면
두려움과 불쾌함으로 비참해질 것입니다.

그 대신 이러한 삶을 창조한
창조주의 시각으로 삶에 뛰어드십시오.
그리하여 삶에서 일어나는 모든 것이
놀랍고 가치 있는 배움의 경험임을 알아차리십시오.
그대는 모든 환경이
도예공인 그대가 빚어낸 것임을 알게 되고,
그대가 창조한 외적인 현실 속에서
그대의 내적 자아의 영상을 발견할 수 있을 것입니다. 🏵

그대의 영혼이
육체 세계로 다시 들어오기로 결정한 순간부터
이제 충분하니 떠나야겠다고 결정하는 순간까지
그대는 스스로 책임지는 길에 들어선 것입니다.

일상적인 삶에서의 행위뿐만 아니라
탄생과 죽음 너머로까지 확장해 나가는
그대의 존재 자체에 대해서도 책임을 져야 합니다. 🏵

그대들은 모두
"내가 창조하겠다"라고 말하는
신의 한 부분입니다.

신의 일부인 그대가
언젠가 인간이 되기로 결정했지만
그것을 기억하기는 불가능할 것입니다. 🌸

자아실현은 신의 자기실현입니다.

신성을 인간성 위에 덧씌울 수 없습니다.
인간성이 곧 신성이기 때문입니다.
신성과 인간성 사이에 분리는 없습니다.
그러므로 그대 자신을 아십시오.
그러면 신을 알게 될 것입니다. 🌸

그대가 그대의 현실을 창조하는 것은
그대의 근본적인 본질이
창조하는 신적인 에너지이기 때문입니다.

그대는 창조자이자 창조물입니다.

그대는 그대의 왜곡된 부분도 창조하고
진실된 부분도 창조합니다.
이것이 그대가 배우는 방식입니다.

그대가 그대의 어린 시절의 환경을 선택했습니다.
그대가 선택한 어린 시절의 환경은
그대가 이번 생에서 해결하기로 결정한,
그대 삶의 왜곡된 부분들에 초점을 맞추게 하는
가장 효과적인 촉매입니다.
그대는 계획, 구성, 전술 들로 이루어진 걸작품의 숨결을
그대의 몸과 마음과 감정에 불어넣었습니다.
그대의 인생관을 형성하게 만드는
어린 시절의 환경을 선택한
그대의 영혼의 지혜를 신뢰하십시오. ✿

그대의 삶은 물론이고
그대의 행성도 그대가 창조하는 것입니다.

지구는
그대가 어둠도 볼 수 있고 빛도 볼 수 있는
행성입니다.
그대에게는 무엇을 볼지 선택할 수 있는
자유가 있습니다.

높은 차원의 자각만이
그대의 행성을 치유하는 온전한 방식입니다.

그대의 세계는 물리적인 위기에 처해 있습니다.
하지만, 위기가 무엇인가요?
위기는 배움의 과정이 아닐까요?

그대의 동료들인
인간 존재에 대한 믿음을 가지세요.
그들은 배울 수 있습니다.

그대의 전체적인 본질은
이미 완전합니다.

모든 것을 품고 있는 더 큰 실재 속에서,
육체 속에 있는 그대들 사랑스런 영혼들은
균형, 진리, 합일이라는 신성한 법칙들과
늘 안전하게 연결되어 있습니다.

우리는 왜 여기에 있는 걸까요?

다시 하나가 되는 목표를 향해 나아가는
혼의 진화 과정에서
그대들의 현재 의식 수준에서 잠시 멈춰
자신이 누구인지를 기억하기 위함입니다.
목적지를 잃어버리고
외부 세계로 확장해 나가는 발견을 향해 나가면서
길을 잃고 함정에 빠져,
집으로 돌아갈 길을 찾지 못할 것처럼 보이는
그대 자신의 모습을 상기하는 것,
그것이 목적이 아니라면
인간의 형태로 다시 이곳에 올 필요가 없었겠지요.

살아가며 종종 자신에게 물어보십시오.
"내가 무엇을 잊고 있는 것인가?"

고통스러울 때는 이렇게 물어보십시오.
"내가 기억하지 못하고 있는 것이 무엇인가?"
내가 누구이고 어디로 가야 할지를 모르겠다고
느낄 때는 이렇게 물어보십시오.
"나는 진정 누구인가?"
사랑하는 이들이여, 이곳은 꼭 거쳐야만 하는 단계입니다.
이곳은 위대하고 영광스러운 교실이자,
그대들의 의식이 속해 있는 바로 그곳입니다.
그렇지 않았다면 그대들은 이곳에 있지 않았을 것입니다.

지금 내가 여기 있는 것은
그대들을 고향으로 안내하기 위함입니다.

이곳은 환영이라는 교실입니다.

일시적인 것들을
영원한 실재로 여기지 마십시오.

그대들이 이곳에서 배우기로 목적했던 것을 배우게 되면
환영에서 벗어날 수 있을 것입니다.
교과서를 남겨 두고 이 교실을 떠날 때는,
다음에 오는 학생들을 위해서
가능한 한 최상의 상태로 남겨 두고 떠나십시오.
환영의 목적을 알고, 환영을 존중하십시오.
환영이라는 교실에서 배우는 것도
다 배우고 나서 보면 꽤 괜찮은 것입니다. ❀

빛으로 돌아가려는 갈망이 커지면
영혼은 그 갈망에 대한 저항이
여전히 남아 있음을 알게 됩니다.
그리고 그 저항을 탐구하는 책임을
기꺼이 떠맡을 것입니다.

신성의 법칙은 자각이 덜 된 사람들을 보호합니다.
처리할 능력이 없는 선택을 강요하거나
감당할 수 없는 책임을 지우지 않습니다.
비슷한 것끼리 어울리는 법칙에 따라서
인간의 육체적인 실체는
인간의 의식 수준에 적합한 차원에 나타나게 되었습니다.

누구라도 초급반에 들어왔다가
갑자기 졸업반으로 갈 수는 없습니다.
한 단계 한 단계 올라가야 합니다.
의식이 스스로를 탐구하고, 스스로를 창조하는 과정에서도
의식은 자각의 계단을 하나하나 천천히 밟아 올라갑니다.
깊은 어둠과 무지 속에 있던 사람이
육체를 떠나는 순간에 갑자기
찬란한 빛과 우주의 주인공 자리로 뛰어들 수는 없습니다.
그것은 의식이 자신의 실재를 스스로 창조하기로 한
신성한 계약에 위배되는 일입니다. ❧

여러 수준이 있고
각 수준마다 그 수준의 진리가 있는데,
그 모든 수준의 진리는
그대들이 완전한 자각에 이르는 데 기여합니다.

각자 자신의 지각 수준에 맞는 길을 가십시오.
모순되는 것처럼 보이는 상황을 만나도
당황하지 마십시오.
궁극적으로는 이런 이원성도
꼭 필요한 전체의 일부분임을 알게 될 것입니다.

그러나 그대들의 환영 속에
그대들의 진리의 씨앗이 있습니다.
그대들이 삶의 고통을 탐구하여
그 고통이 그대들의 창조물임을 받아들인다면
환영과 그대들의 내면의 어둠을 직시하게 될 것입니다.

어둠을 이해하고
그것이 전적으로 자신의 책임임을 받아들인다면
어둠 속에 엉켜 있는 것을 풀어
다시 생명의 흐름 속으로,
진리 속으로 돌려보낼 수 있을 것입니다. ✿

그대의 진리가 그대의 힘입니다.

진리는 그대를 가장 자유롭게 하는,
그대 자신이 찾을 수 있는 발견물입니다.

죽음의 공포에서 자유로워지고,
불신과 제약에서 자유로워지고,
진정한 그대 자신이 되기 위해서 자유로워지는 것,
이런 것이 그대가
내면을 정직하게 통찰하는 값을 치름으로써
받게 될 선물입니다.

그대의 진리가 그대의 힘이고,
그대의 진리가 그대의 구원이며,
그대의 진리가 그대의 성취이자, 목적이요, 길이라는
이 단순한 사실을 배우기까지는
인간의 삶은 아주 어려운 교실 역할을 할 것입니다.
그러나 일단 이 사실을 알고 진정으로 믿게 되면
삶은 원래의 의도대로 기쁘고 풍요로운 동산이 될 것입니다.

온 우주에 기쁨이 울려 퍼지고 있습니다.

그대의 모든 투쟁이
세상과 삶을 잘못 이해한 데서 비롯되었음을 알게 될 때
그 울림을 들을 수 있습니다.
그러면 온갖 혼란,
곧 좋거나 나쁜 모든 인간 상황이
이미 그 상태에 존재하고 있는 합일성을 찾기 위해서
영혼의 의식이 만들어 낸 환영의 창조물로 보일 것입니다. ❀

자유는 환영이 아닙니다.
자유는 자연스러운 존재 방식입니다.
자유는 그대의 천부적인 권리입니다.
자유는 그대의 고향입니다. ❀

햇빛을 가로막는 그늘들을
기꺼이 받아들이십시오.

이 세상이 완벽한 곳이라면
그대들의 영혼이 어디서 배울 수 있겠습니까?

그대들의 세계에서
한계와 제약에 마주칠 때 한탄하며 슬퍼하지 마십시오.
그대들이 부딪치는 한계와 제약은
그 나름대로 목적이 있는 것입니다.
불완전한 세상에서가 아니라면
배울 기회를 어디에서 얻겠습니까?
살아갈 능력이 모자란 상황에서 헤어 나오지 못하고
고통스러워하는 사람들 때문에 슬퍼하지 마십시오.

그대들의 세상을
영혼들이 아주 세세한 부분까지
무엇을 어떻게 배울 것인지를 선택해서 들어온
일시적으로 머무는 장소로 보기 바랍니다. ❀

모든 것이 신에게 속해 있기 때문에
결국은, 모든 의식이 신과 하나임을 알게 될 것입니다.

의식의 자연스런 흐름은 빛을 향해 갑니다.
합일에 대한 유일한 저항도
그대들의 의식 안에 있습니다.
이것이 투쟁입니다.

자각이 확장되면 그것은 결코 줄어들지 않습니다.
왜곡될 수는 있어도 줄어들지는 않습니다.
인간의 의식에 도달한 다음에
다시 풀잎 같은 존재가 된다는 것은 있을 수 없는 일입니다.
왜냐하면 인간 존재의 카르마의 구조가
풀잎보다는 훨씬 복잡하고 의식적이기 때문입니다.

진리와 빛을 향해 나아갈 때
아직은 그것에 대한 저항이
그대들의 삶의 체험으로 나타납니다.
그대들은 이런 장애물로 인한 고통을 경험하면서
그것을 통과하여 앞으로 나아갈 것입니다.

모든 것이 신을 향해 나아가고 있음을 알고, 믿는다면
장애물들은 다른 의미와 형태로 이해될 것입니다.

인간의 수준에서는 장애물이지만
궁극적인 차원에서는 가르침이지요. ✿

일시적인 것이든 영원한 것이든
모든 것이 아름답습니다.

그대들의 세계에서
어둠 속에 있는 것은 피하고
밝은 것만을 보기 원하는 사람들이 있습니다.

삶이 아름답기 위해서
티 없이 하얗게 씻어야만 하는 것은 아닙니다.

인간을 해부해서
구성 요소들을 낱낱이 떼어 놓고 나서
구성 요소 어떤 부분에게 사과를 할 수 있겠습니까?
그럴 수는 없겠지요. ✿

모든 것 속에 생명이 있고
모든 것 속에 의식이 있습니다.

의식이 풀잎 수준에 도달한다면
의식은 풀잎 안에 있습니다.
그 의식이 성장하여
자각 상태가 더 확장된다면
더 확장된 자각 상태 수준에서 자신을 나타내게 되지요. 🍀

빛과 어둠의 전쟁은
그대 내면에서 벌어지고 있습니다.

이 세상은 희생을 요구하는 곳이 아닙니다.
그대 자신이 바로 그대의 삶을 이끌고 가는 자입니다.
그대는 어디에 빛이 있는지를 알아차리기 위해서,
그리고 그 빛을 방해하는 어둠이
어느 지점에 있는지를 발견하기 위해서 여기에 있는 것입니다.

사람들은 흔히
부정적인 성향에 희생되었다고 느끼지만
부정적인 성향은
본인을 희생자로 여기는
개인이 지니고 있는 카르마의 일부분입니다.

어둠도 하나의 선택입니다.

빛이 없다고 부정할 수 있겠지만
실제로 빛이 없는 곳은 없습니다.
그러므로 모든 것 속에 존재하는 신이라는 개념은
결코 잘못된 것이 아니지요.

깨달음이란 무엇인가요?

모든 것이자 무(無)입니다.
이걸 달리 말해 보겠습니다.
내가 만약 "깨달음은 모든 것을 아는 것"이라고 말한다면
이는 깨달음을 앎으로 제한하는 것입니다.
만약 "깨달음은 모든 것을 사랑하는 것"이라고 말한다면
이 역시 깨달음을 사랑으로 제한하는 것이지요.
깨달음은 시작도 끝도 있을 수 없습니다.
따라서 인간의 언어로 깨달음은 무엇이라고 설명하는 것은
수많은 제한만 만들어 낼 뿐입니다.

그러므로 이런 정도로 말할 수 있을까요.
깨달음이란
생각이 끊어진 순수의식으로
순간에서 영원을 체험하는 존재 상태.
평화가 아닌 상태에 대한 의식이 전혀 없는
절대적인 평화.

밉다는 생각이 전혀 없는
절대적인 사랑.

개체라는 환영이 흔적도 없이 잊혀진
끝없는 일체 의식.

희열이 아닌 것에 대한 기억이 없는
희열.

그저 '있음'.

육체도 없고,
개성도 없고,
덧입은 옷도 없고,
장애도 없고,
두려움도 없고,
제약과 한계도 없고,
심지어 '나'라는 의식조차 없이
무한한 빛만을 지속적으로 인지하는
그대 자신.

이런 말이 깨달음에 대한 충분한 묘사라고는 볼 수는 없지만
지금으로서는 이 정도가 제가 할 수 있는 최선입니다. ✿

육체를 지니고 있는 대부분의 영혼들에게
겹겹이 쌓여 있는 신에 대한 부정의 껍질들은
외과 수술을 하듯이 단번에 제거할 수 없습니다.
경험을 통과하면서
한 꺼풀 한 꺼풀 벗겨 내야 하지요.

수많은 경험들은
불행히도 어느 시점까지는 고통스럽고 부정적입니다.
하지만 어느 시점이 지나면
빛과 즐거움을 통하여 배움이 일어날 수 있습니다.
그러나 진리와 책임을 회피하려는 깊은 욕구가 있는 동안에는
배움이 아니라 도피 수단으로 즐거움을 찾을 수 있습니다.
물론 고통스럽기 때문에
책임에서 벗어나려고 하는 것이겠지만,
책임에 고통이 따르지 않는다면
책임이라는 것이 애당초 문제될 리가 없었겠지요.

그러니 인내하면서,
여러 생을 이어가는 인간의 삶의 사이클에 존재하는
켜켜이 쌓여 있는 방어의 껍질이
서서히 스러져 가는 것을 바라보십시오.
그러면 비참한 곤경이라고 생각했던 것이
실제로는 배움의 기회였음을 알게 될 것입니다. ❀

궁극적인 합일은 자아의 소멸이 아니라
하나가 되어 상호 의존하는 것입니다. ✿

그대가 영원한 진리로 간직하고 있는 사랑은
수많은 환생을 통과하여
그대를 궁극적인 목표로 이끄는 생명줄입니다.

이 얼마나 여리고 가는 줄인가!
아, 그러나 얼마나 질기고 강인한가!
참으로 그러합니다.
생을 거듭하며
매 생마다 사랑의 색실로 주단을 이어 짜 가면서,
결국 생사윤회를 끝내고
그대 영혼의 갈망을 따라 더 높은 의식 차원으로 들어갈 때까지
사랑은 그대가 그렇게도 갈망하던 곳으로
점점 더 가까이 그대를 데려다 줄 것입니다.

결국 모두가 신과 다시 하나되고
이를 완전히 의식적으로 자각하게 될 때,
제가 약속하건대
그대는 그대가 경험한 삶을 되돌아보며
"내가 어리석었다"고 말하지 않을 것입니다.

그대는 아마 이렇게 말할 것입니다.
"모든 것이 사랑이 스스로를 알기 위한 탐구였구나."

**영적인 차원에서는
그대 존재의 본질은 사랑입니다.**

그대의 가슴 속에 있는
부드러움과 관대함이 바로 신의 의식입니다.
그것이 그대의 진정한 본질입니다.

사랑으로 동료 인간들과 접촉할 때
그대는 신의 일을 하는 것입니다.

모든 사람 속에서
지상으로 내려온 천사를 보십시오.

그대는 알아차리고 있지 못하겠지만
그대 자신이 됨으로써,
최선을 다함으로써,
더 고귀한 진리를 추구함으로써,
그리고 그대의 가슴을 따름으로써
오직 그대만이 공헌할 수 있는
종합적인 계획이 있습니다.

그것은 영혼의 의식뿐만 아니라
이 땅 자체까지도 구원하려는
신의 계획입니다.

그때가 오고 있습니다.
영겁의 세월 동안의 노력이 정점에 달해
그대들의 행성에 새로워진 빛의 수준이 도래하고 있습니다.
그대들의 행성은 아직
부정적인 양상과 긍정적인 양상 사이에서
선택할 수 있는 기회를 제공하는
교실 역할을 하고 있습니다.
하지만 점점 더 빛이 충만할 것이며
그 빛에 대한 자각 또한 점점 더 명료해질 것입니다.
사랑이 흘러넘치고
누구나 친절한 애정이 힘임을 알고,

모든 인간 존재의 의식 중심에 신이 자리 잡을 수 있을 때
조화로운 평정이 도래할 것입니다. ✿

은혜와 축복 상태가 완성되기 위해서는
그것을 받아들일 그릇이 있어야 합니다. ✽

그대는 신의 품에 안겨
온전히 사랑받고 있습니다.
그러나 그 사랑의 회로는
그대가 그 사랑을 받아들일 때 완성됩니다.

근원에 가까이 다가가다 보면
어떤 말로도 표현하기 힘든
어떤 순간을 만납니다.
받는 자가 주는 자가 되고
물그릇이 물의 원천이 되는.
… 그때부터
영원의 춤이 비로소 시작됩니다.

에마누엘, 당신에게는 인간들이 어떻게 보입니까?

내가 한 영혼을 볼 때 나는 크리스탈처럼 투명하고,
순수하며, 매우 아름답게 퍼져 나가는 빛을 봅니다.
한 인간을 볼 때는, 영혼의 찬란한 빛의 광채를 누그러뜨려서
상당히 불투명한 금빛으로 보이게 하는 다양한 색조들에
뒤덮인 채 답답해하며 몸부림치는 모습을 종종 보게 됩니다.
물론 그 밑에는 개개의 영혼에 깃들어 있는
진정한 신의 빛이 있습니다. 사랑의 눈으로 그대들을
바라볼 때는 그대들이 사랑으로 서로를 바라볼 때 그러하듯이
그윽한 신성의 빛을 봅니다.

의심과 두려움의 색깔을 알고 싶습니까?
가장 어두운 색깔부터 말해 볼까요. 신을 부정하고,
증오(사랑이 결여된 상태)하는 마음이 있을 때는
매우 어두운 검은색이 나타납니다. 그렇게 보이는 것도
결국은 환영이지만, 때로는 그 환영이 깊고 진한 경우가
있습니다. 두려움은, 두려운 감정 그 자체는 자기를 폐쇄하고
억누르는 회색으로 나타나지만 분노가 동반되면
비명을 지를 수밖에 없는 매우 강렬한 상태로 변하고,
그때는 기분 나쁜 유황색이 됩니다.

격정과 정염은 어떤 색으로 나타나든지 다양한 색조의
붉은색이 됩니다. 지성은 보통 노란색인데 긍정적인 목적으로
쓰일 경우에는 황금색, 버터처럼 부드러운 노란색으로 보이고
가슴의 소리를 부정하는 데 쓰일 때는 노란색이기는 하지만
어둡고 짙은 노란색으로 보입니다.

녹색은 치유입니다. 신체 내부에서 일어나는 치유나
다른 사람을 치유하려는 열망은 녹색으로 보입니다.
이 녹색은 종종 인간의 사랑의 색인 부드러운 분홍색과
섞여서 나타나곤 합니다.

신의 사랑은 흰색으로 빛을 발합니다.
말하거나 의사소통을 할 때는 은색이 보입니다.
진실을 말할 때는 찬란한 광채를 발하는 은색이 나타납니다.
하지만 진실을 부정하거나 속임수를 쓰려고 할 때는
차가운 금속성 회색으로 변합니다.

확장된 영성과 연결되거나 공감하는 인간관계가 맺어질 때는
파란색이 찬란하게 빛납니다. 더 짙고 맑고 아름다운
파란색도 있습니다. 그런 파란색은 그대들이
그대들 내면의 존재와 직접 진실한 교류를 하고자 하는
감정 상태에 있을 때 나타납니다.

연보라색이나 자주색은 영의 색깔입니다.
늘 그런 것은 아니지만, 안내하는 영적인 존재가
그대들 앞에 처음 나타날 때 이런 색깔을 띠고 나타나곤 합니다.
황금빛은 신의 사랑입니다. 그대들이 신의 부름에 응답하여
그 일에 기꺼이 참여할 때 세상에 황금빛이 채워집니다.

그대들은 이 모든 것을 이미 알고 있습니다.
아주 어린 시절 그대들은 그대들 주위 사람들이 이런저런
색깔들로 둘러싸여 있는 것을 보았답니다.
나는 단지 그것을 일깨워 주기 위해서 말한 것입니다.
그들은 그대들이 말을 이해할 수 있기 전에 자신들을 둘러싸고
있는 색깔들로 분명한 메시지를 전한 것이지요.

나에게는 그대들 모두가 무지개처럼 보입니다.

2
신, 빛, 그리스도,
그리고 타락

그대와 신은 하나입니다.

마음, 가슴, 영혼, 그리고 몸이 궁극적으로 조화되면
완벽한 정렬 상태로 들어갑니다.
그러면 생사윤회의 수레바퀴에서 풀려납니다.
그대와 신은 하나이기 때문에
그대의 궁극적인 자아실현은
신의 자기실현입니다.
이것을 발견하기 위해서
그렇게 많고 많은 삶을 거치면서 여행을 한 것이랍니다.

그런 것이 존재한다는 확실한 믿음이 없어도
신 또는 가장 깊은 곳에 있는 내면의 자아를 알 수 있을까요?

믿음은 지적인 것이 아닙니다.
믿음은 느낌입니다.

믿을 필요는 없습니다.
오직 믿음에 이르고자 하는 의도만 있으면 됩니다.
억지로 믿을 수는 없습니다.
믿지 못하도록 방해하는 장애물들을 제거해 버리면
믿음은 바로 거기에 있습니다.
믿음은 그대 존재의 자연스러운 일부이기 때문입니다.

진정으로 신을 알고자 한다면
그대는 먼저 그대가 누구인지를 알아야만 합니다.
그대는 신을 고귀한 진리, 우주에 꽉 찬 실재, 자연의 질서,
또는 신성한 안전과 사랑이라고 생각할 수 있습니다.
곧 신을 관대하고 친절하며 사랑으로 충만한
영원한 실재라고 생각할 수 있다는 뜻입니다.
그대는 이런 신의 모습을 지니고 있는
인간상을 어떻게라도 그려 볼 수 있을 겁니다.
그러면 그대의 핵심,
그대의 찬란한 빛에 접할 수 있을 것입니다.
그리하면 신이 누구인지를 알게 될 것입니다. ✿

마음으로는 신을 이해할 수 없겠지만
그대들의 가슴은 이미 알고 있습니다.

마음은 가슴의 명령을 수행하도록 디자인되었습니다.
마음은 '어떻게'에 답합니다.
'무엇'에 대해서는 답을 하지 못합니다.
'무엇'은 보다 깊은 차원의 문제입니다.

삶의 여러 국면을 경험하면서
사람의 내면에서 벌어지는 가장 큰 전쟁은
머리와 가슴의 싸움입니다.
가슴이 "이렇다"고 말하면
머리는 "이해하지 못하겠다. 믿을 수가 없다"고 말하지요.

그대들은 대화를 통해 의사소통을 할 때
마음으로만 합니까?
아니면 서로 영혼을 상대로 말하면서,
마음은 그저 전하고 싶은 내용을
이해할 수 있는 어휘와 문장으로
급하게 만들어 내는 식으로 합니까?

마음은 "왜?"냐고 묻고 나서
피상적인 대답에 너무 쉽게 만족합니다.
그러나 가슴은 "왜?"라고 물을 때
신의 진리밖에는 다른 것을 원하지 않습니다. 🌼

가슴은 그대들 각자의 내면에 있는
정확한 나침반입니다.
가슴은 마음보다 영혼을 더 잘 알고 있습니다.
마음이 가슴의 소리를 따르지 않는다면
왜곡되고 뒤틀린 우두머리 노릇을 할 것입니다.

그대들에게 딱 맞는 유일한 길이
그대들의 내면에 이미 디자인되어 있습니다.
이 길을 발견하기 위해서는
가슴의 소리에 귀를 기울여야 합니다.
다른 방법은 없습니다.

미미한 마음이 두려움에 사로잡혀서
삶을 컨트롤하려고 완고하게 고집을 피우고 있을 때,
그대들의 더 깊은 부분은
신과 하나이며 영원히 안전하다는
진리를 속삭일 것입니다.
그러니 가슴의 소리에 귀를 기울이십시오.
그대들의 빛과 진리는 가슴 속에 있습니다. 🌸

그대들의 뜻이 신의 뜻입니다.

이 말이 귀에는 솔깃하겠지만
믿기는 어려울 것입니다.
그대들이 일단 가슴의 목소리를 신뢰하기 시작하면
그대들의 가슴을 통해서 전달되는 신의 뜻이
그대들에게 기쁨과 성취감을 가져다준다는 것을
깨닫게 될 것입니다.

그대들은 내면에
신의 정수를 지니고 태어났습니다.
이 신의 정수가 그대에게 말하는 것을
신뢰하지 못하겠습니까?
신뢰하십시오.
그대들의 가슴이 바라는 대로 이끌려 갈 때 도달하는,
그곳이 곧 신이 그대들이 도달하기를 원하는 곳이라는 것을.

그대들의 의식 속에
신에 대한 갈망이 떠오를 때마다
여전히 어느 정도
신의 뜻을 부정하고 있는 저항과 거침을
그대들의 영혼 중심에서
부드럽게 조금씩 제거해 나가십시오.

그대들은 이 생을 포함하여 수많은 생을 거치면서
헤아릴 수 없는 바닷가의 모래알처럼,
그처럼 수없이
신과 하나되기를 갈망해 왔답니다.

그대가 가슴에서
"나는 신의 뜻을 알기로 선택했어"라고 말할 때,
그것이야말로 자유의지를 제대로 사용하는 것입니다.
자유의지란 선택의 자유가 있어야만 가능한 것이니까요.
신의 뜻에 항복하는 행위는 자발적인 것이지
강제로 항복한다는 것은 있을 수 없는 일이지요.

무엇에서 풀려나려고 의지력을 발휘하면
풀려나기는커녕 점점 더 옥죄어 옵니다.
자기가 바라는 대로 상황이 강제로 항복하지 않기 때문이죠.
그러면 새로운 상황에
강제로 항복당하는 형국에 처하게 됩니다.
그대 자신의 실재,
그대 자신의 완전성에 자발적으로 항복하십시오.
이런 것은 다른 누가 빼앗아 갈 수도 없고,
그대가 아닌 다른 누가 대신 실현해 줄 수도 없습니다.
오직 그대만이 할 수 있는 일입니다.
항복이 깊어질수록 자율성도 강해집니다.

항복하는 행위를 통해서
그대의 삶을 완전히 통제할 수 있습니다.
항복은 선택입니다.
절대적이며, 개인적인 선택이지요.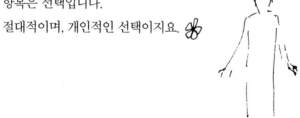

완전하고 철저한 항복은
신에 항복하는 것밖에 없습니다.
그 밖의 모든 항복은
항복인 것처럼 보이는 상징적인 행위에 지나지 않습니다.

신에 항복하는 것은
가장 이기적인 행위라고 할 수 있습니다.
왜냐하면, 신에 항복함으로써
완전한 성취에 이르기 때문입니다.

인간의 뜻이 신의 뜻과 하나가 될 때
무엇을 욕망에 따라 억지로 하지 않는
무위(無爲) 상태가 됩니다.
그 상태에서는 그대 내면의 지혜가
편안한 상태에서
헐렁하게 그대의 삶을 이끌고 나갑니다.

신의 뜻을 알기 위해서는
그대의 내면에서 웅성거리고 있는 다양한 목소리에
귀를 기울일 필요가 있습니다.
그러면 두려움, 분노, 반박, 완고함 등
환영에서 비롯된 온갖 종류의 목소리를 듣게 될 것입니다.

이런 목소리에 친숙해지면
관대함, 부드러움, 따뜻함 등
그대 내면의 지혜에서 비롯되는 빛의 목소리를
보다 쉽게 들을 수 있습니다.
왜냐하면 내면의 지혜에서 비롯되는 목소리는
신의 뜻인 내면의 지혜 위에 덮어씌워진
다른 목소리들의 불협화음과
현저히 대비되기 때문입니다.

모든 영혼이 배워야 할 마지막 과제는
각자의 가슴을 통해서 나타나는
신의 뜻에 완전히 항복하는 것입니다. ✿

강풍에 저항하여 싸우지 마십시오.
바람에 몸을 내어 맡기고 바람과 하나가 되십시오. ✿

램프에서 퍼져 나간 불빛이
근원인 램프와 분리될 수 없듯이
개체적인 영혼과 우주적인 영혼 곧 신과의 관계가
바로 그렇습니다.

그대들은 일체를 에워싸고 있는
영원한 힘의 일부분입니다.
그대들은 환생할 때마다
자신이 신과 분리되었다고 오해했습니다.
하지만 그것은 혼동에 불과합니다.
이렇게, 그대들은 지금
신과 분리되었다고 생각하고
돌아갈 길을 찾고 있는 것이지요.

무엇이 인간의 '신성'인가요?

그대들의 모든 세포,
그대들 내면의 모든 의식,
인간을 구성하는 모든 조각들,
그리고 영겁의 세월을 넘어 존재하는 무한.
이런 것이 그대들의 신성입니다.

인간이란 참으로 경이로운 현현(顯現)입니다.
내면에 신이 있음을 당당히 주장하기 전에
먼저 완전한 상태에 도달해야만 한다는 생각은
그대들의 상상입니다.
그런 상상대로 살지 못할 때
자신을 너무 질책하지 마십시오.
그런 상상이 그대들을 얼마나 구속하는지 아십니까?

한 영혼이 빛을 밝히면
그 영혼은 벽에 붙어 있는 하나의 콘센트 역할을 합니다.
처음에는 비록 희미하더라도
그대가 빛을 발하지 않는다면
어떻게 세상을 밝게 할 수 있겠습니까?
킬로와트급의 밝기에 미치지 못한다고
자신의 빛을 보잘것없는 것으로 여기지 마십시오.

자신의 신성의 실재를 완전히 받아들인다면
그대는 자유, 자유, 자유입니다.

에마누엘, 당신이 있는 곳은 어떤 곳입니까?

조용히 숲속을 걸을 때 어떤지 아시지요?
신성한 법칙을 절대적으로 신뢰하며
천진무구하게, 청초한 아름다움을 발산하며 피어 있는
한 송이 꽃을 보게 되겠지요.
그대는 그 꽃에게 말하겠지요.
"아, 너같이 깨끗하고 아름다운 존재가
이 세상을 다스린다면 얼마나 좋겠니."
그런데 그대들이 있는 이곳이 바로 그런 곳입니다.

에마누엘, 당신은 어떻게 신성을 실현한 존재가 되었습니까?

나도 그대들이 경험하고 있는
인간적인 모든 현상들을 거쳤습니다.
나 역시 그대들처럼,
분리된 상태에서 나 자신의 의식을 발견한 다음
그 의식을 다시 가지고 돌아가서
신의 빛에 보태는 길을 가기 위해서
하나인 상태에서 떠나는 방향을 선택했지요.
그런데 길을 가는 도중

그대들처럼 나도 망각에 빠지게 되었고,
신과 완전히 분리된 것처럼 여겨지는 세상에서
허우적거리며 뒹굴고 있는 자신을 발견하게 되었지요.
그런 무시무시한 믿음이 존재를 덮칠 때는
사방팔방이 온통 어둠뿐이라고 느꼈습니다.

그러나 갈망과 고통이 커짐에 따라
그대들처럼,
나도 빛을 찾는 길로 다시 발길을 돌렸습니다.
빛이 없어서 고통스러운 것이라면
반드시 빛이 있어야 한다는 것을 알고 있었죠.
어둠이 만약 나의 본연의 고향이었다면
그곳에서 편안했겠죠.

그래서 나도 그대들이 그러한 것처럼,
발길을 돌려 산을 넘고 물을 건너
여러 사원과 사찰과 교회를 떠돌며
기도하고, 스승을 따르고,
넘어지고 엎어지면서도 또다시 일어나 걸어서
"나는 신과 하나임"을
진정으로 완벽하게 선언할 수 있는
진화의 단계에 도달했지요.
그리하여 나는 윤회의 쳇바퀴에서 풀려났습니다.

우리는 왜 신과 하나인 상태에서 떠난 것인가요?

신에게서 분리되면서
사랑의 여정이 시작되었습니다.
개체화된 의식은 인간으로서의 경험을 통해서
인간이라는 실체를 충분히, 그리고 완전히 이해하려고 합니다.
그리하여 보다 큰 빛과 이해를 지니고
하나인 상태로 돌아갈 수 있지요.
이 이해가 애초의 하나인 상태에 더해집니다.
하나인 상태는 이렇게 끊임없이 확장되고 창조됩니다.

지고한 신은 어디에나 존재합니다.
그러나 개체화 체험 곧 분리 경험이 없다면
무언가 한 조각이 빠진 의미 없는 상태가 될 것입니다.
그렇다면 경험하고 자기를 표현함으로써
소용돌이치는 우주의 영원한 창조의 일부분이 되는
의식이 없는 상태로
그저 전체만이 존재하겠죠.

가장 깊은 의미에서 볼 때
그대들은 창조자가 되기를 배우고 있는 것입니다.
그대들은 창조 행위를 통해서
신과 결합하는 것을 준비하고 있는 것이지요.
아버지 집을 떠난 탕자는 돌아옵니다.

사실 사람은
결코 '타락'한 적이 없습니다.
타락이란 인간이 체험한 것의 상징일 뿐입니다.
개체화의 애당초 목적을 망각하고,
혼란 속에서 영혼의 의도를 잊어버린 경험의 상징입니다.
전체로서의 하나가 신인데
사람이 어떻게 신을 떠날 수 있겠습니까?

타락을 다른 시각으로 바라보세요.
그대를 빛으로 데려다 주는 멋진 지도라고 보세요.
그대들은 매 생애마다 타락을 다시 경험합니다.
환생의 매 생애마다
그대들은 어디에서 아직 뒤로 끌려가고 있으며
어디에서 아직 신을 부정하는지를 발견하게 됩니다.
그대들이 느끼는 소외감은
최초의 분리, 최초의 망각이 반영된 것입니다.

만물은 맥동하고 있습니다.
우주 전체가 그러하고
여러분의 은하, 여러분의 지구가 그러합니다.
그대들의 몸을 구성하고 있는
분자들 역시 맥동하고 있습니다.
신으로부터의 분리되고 다시 신에게로 돌아가는 것이
우주의 창조적인 맥동입니다. ✿

타락은 가장 위대한 사랑의 행위입니다.

다시 하나되는 여정을 위해 떠나는 것이 아니라면
그 누가 하나인 상태에서 떠나겠습니까?
그대들은 헤아릴 수 없는 세월 동안 방랑하면서
늘 아무 의미도 없는 것 같은
다음 순간을 향해 뛰어들었습니다.
그러나 이 모든 것이
위대한 빛을 창조하기 위함이었습니다.
그대들은 이 여정에서 산산이 부서졌으며
자신이 누구이며
왜 여기에 왔는지도 잊어버렸습니다.
이 망각의 과정에서
그대들은 인간의 몸을 입고 개별적인 존재가 되었고,
개별적인 존재로서의 그대들은
근원에서 분리된 것 같은 느낌을 갖게 되었지요.
그래서 너무 느려서 괴로운 여정이지만
하나인 상태로 다시 돌아가는 길에 들어선 것입니다.

'모든 것이 그'인 존재를
어떻게 인격화해서 표현할 수 있을까요?
그대들은 하나인 상태에서 나왔기 때문에
하나인 상태로 함께 움직이고 있습니다.
그대들이 하나인 상태입니다.
그대들은 확장해 가는 하나인 상태입니다.
그대들은 창조해 나가는 하나인 상태죠.
창조자의 본성은 창조하는 것이고
그래서 창조의 여정은 끝이 없습니다.

위대한 의식은 결코
"됐다. 이걸로 충분하다"라고 말하지 않으며,
위대한 빛은 결코
"이제 빛이 충분하다"라고 말하지 않고,
위대한 창조자는 결코
"이제 충분히 창조했다"고 말하지 않습니다.
모든 것은 자신의 본성을 따릅니다.
위대한 창조자의 본성은 창조하는 것입니다.
위대한 사랑의 본성이 사랑하는 것이듯이.

개성을 가진 인간으로서의 그대들은
그대들의 진정한 본질에서 분리된 개체라고 생각합니다.
그러나 개성이란
매 환생마다
그대들의 진정한 본질이 어떤 역할을 하기 위해서
걸쳐 입은 의상에 지나지 않습니다.
그대들은 자신이 연기하는 무대에서 맡은 배역과
그대들 자신을 결코 동일시하지 않겠지요.
그대들은 자기와 자신이 맡은 배역 인물이
같지 않다는 것을 알기 때문이지요.
이러한 자각은 저 너머
위대한 미지의 고향으로 그대들을 인도할 것입니다.

그것은 좀 과장된 표현이 아닐까요?

그대들이 스스로
'이게 나'라고 생각하는 것을 나라고 믿으며
미지의 고향은
어디 다른 곳에 있다고 생각하는 것이야말로
과장된 착각입니다.

예수 그리스도는 어떤 분이셨나요?

그리스도는 선생님입니다.
나는 과거형으로 '선생님이었다'가 아니라
현재형으로 '선생님입니다'라고 말하고 있습니다.
그분은 여전히 존재하면서
여기 있는 그대들 모두에게
큰 도움이 될 수 있기 때문입니다.
그분은 신적인 사랑과 신적인 빛,
그리고 형제애와 치유의 영입니다.
그분은 인간 세상과 깊이 관계를 맺고 있습니다.

예수는 나의 형제이며
또한 그대들의 형제입니다.
그분은 빛의 존재입니다.
중심을 보자면
이 물질세계에 들어온 사람 가운데
빛의 존재가 아닌 사람은 단 한 명도 없답니다.

예수 그리스도는
인간 세상에 빛의 실체를 드러낸
가장 뛰어난 본보기입니다.

그리스도의 탄생은
영원한 사랑의 입맞춤입니다.
그것은 신이 인간에게 내려 주신
가장 위대한 선물 중 하나이지요.
그리스도는
영원한 신의 실체, 그의 사랑, 그의 돌봄, 그의 섭리가
인간의 형상으로 나타난 상징입니다.

자신의 의식 속에서
그리스도의 전 생애를 다시 경험할 수 있다면
영혼의 투쟁, 회의, 추구, 성장, 확장,
그리고 사랑의 실체를 표현하는
신의 말씀이 육신이 되는 과정을 경험하는
장엄한 상징극이 될 것입니다.

예수의 생애는
인간에게 자기가 누구인지를 알도록
비춰 주는 거울입니다.
예수의 영혼 속에 신의 의식이 있었음에도 불구하고
그분은 인간적인 경험을 했으며
온갖 혼란을 체험했습니다.
예수께도 육체와의 동일시는 무척 어려운 문제였습니다.
육체와의 동일시 때문에
수많은 질문, 두려움, 회의 들을 피할 수 없었습니다.

그러나 이 모든 것은 인간의 상태에 대해
새롭고 깊은 이해를 하기 위한 것이었습니다.
예수의 투쟁은
인간이 스스로 자신을 되돌아봄으로써
자신에게 무한한 성장 가능성이 있다는 것을
깨달을 수 있게 해 주는 그림이지요.
이것은 분명히 신의 선물입니다.

그리스도가 그대들의 모습을 비추는 거울이라면
그 거울에 비친 그대들은 과연 어떤 모습일까요?
그리스도가 어떻게
그대들 각자의 모습을 비추는 거울일까요?

예언자들은 저마다 자기만의 방식으로
신을 뜻을 전했습니다.
예수께서는 다른 예언자들과는 달리
인간의 경험을 통해서 말하셨습니다.
그의 인간으로서의 경험은 영과 직결되어 있었습니다.
그래서 그의 가르침은 살아 있었고 주목을 받았던 것이죠.
그리스도는 이렇게 말합니다.
"보라, 인간이 무엇인지를.
자신이 무엇을 할 수 있는가를 보라.
그리고 자신이 누구인가를 알아차려라."

언젠가는 그리스도가 육체를 지니고
이 세상에 다시 오실까요?

내가 여기 있는 것은
그대들 존재 안에 그대들이 찾고 있는
그리스도가 있음을 상기시키기 위함입니다.

그 찬란한 빛이 육체로 다시 화신하겠냐에 대해서는
나는 그렇지 않다고 생각합니다.
다른 존재들이 스스로 신성한 빛을 얻을 수 있습니다.
그러면 그들은 빛의 중심이 신적인 광휘의 이름으로,
그리고 그 권능으로 선생이 됩니다.
중심에서 불이 옮겨 붙어 빛을 발하면
그 신적인 빛은 모든 사람들에게 도움이 됩니다.

그 눈부신 섬광은
그대들 모두의 내면에 있습니다.
사람의 형상 속에 깨달음이 깃들면
그 깨달음은 스스로 신적인 빛을 발합니다.
그 신성한 빛을
돌아온 그리스도 의식이라고 할 수 있겠지요.

신성한 빛 안에서 춤을 추고 있는
그대들 내면의 공간이 천상입니다.

'천상'이라는 용어는
표현할 수 없는 것을 표현하기 위해 만들어진 단어입니다.

천상은 그대들의 가슴속,
그대들의 의식 속에 있으며
지금 그대들이 걸어 다니고 있는
이 순간에도 경험하는 것입니다.

천상은 기쁨이자 사랑이며
끝없는 모험,
무한한 창조성입니다.

천상은 그대들이 추구하는 모든 것,
그리고 그 이상입니다.

천상이 그대들의 고향입니다.

3
사랑

그대가 지금부터
시간의 종말에 이르기까지 사랑을 흡수한다고 해도
우주를 가득 채우고 있는 사랑은
결코 고갈되지 않을 것입니다.

존재하는 모든 것이 사랑입니다.

사랑은 온 우주의 교신입니다.
사랑은 우주를 창조하고 유지하는 에너지입니다.
신이 사랑입니다.
모든 것이 사랑에 의해 만들어집니다.

듣기를 원한다면
모든 존재를 유기적으로 연결하고 있는
사랑의 목소리를 들을 수 있을 겁니다.
사랑으로 인해
나뭇잎 한 장이 전체 나무와 연결되어 있지요.

사랑이 세상을 돌아가게 할 수 있고
실제로도 그러합니다.
사랑이 아니라면 그 무엇이
그대들의 행성을 회전시키겠습니까?
사랑이 아니라면 그 무엇이
끊임없이 타오르고 있는 태양의 불길,
그대들의 육체의 세포,
하늘의 수많은 별들,
그대들 가슴속의 의식을
창조하고 유지할 수 있을까요?
이 모든 것을 창조하고 유지하는 힘이
사랑입니다.

오직 사랑뿐입니다.
가면을 쓰고 아닌 척하는 바보가 되지 마십시오.
온 우주를 하나로 묶는 접착제가 사랑입니다.

영혼이 가장 갈구하는 것은
자신이 사랑임을 알아차리고 사랑의 존재가 되는 것입니다.
사랑의 존재가 성취되면
고통의 원인이 되는 이런저런 판단들이 사라진
'하나' 상태가 찾아올 것입니다.

진정한 자기애는 에고가 아닙니다.
진정한 사랑은 최대의 겸양이지요.
자신을 충분히 사랑하기 전에는
다른 존재들을 향한 사랑과 자비는 존재할 수 없습니다.
그대가 그대 자신을 사랑하지 않는데
어떻게 신의 사랑을 느낄 수 있겠습니까?
다른 존재들을 향한 사랑과 자기애,
이 둘은 같은 것이 아닐까요?

그대가 자신을 받아들이지 않는다면
그것은 그대가 그렇게도 갈망하는
영혼의 확장으로 향하는 문에
스스로 빗장을 걸어 놓는 것입니다.
영혼의 확장은
그대의 가슴을 통해 옵니다.
그러므로 자신에게 친절해지세요. ✿

사랑은 연습이 필요하지 않습니다.
사랑은 그저 있습니다.
있음은 연습할 수 없습니다.
그저 있는 것이지요.
그러나 사랑하고자 하는 결심은
연습할 수 있습니다.

어둠이라는 자각이 있어야
빛으로 가는 길을 찾을 수 있듯이
사랑이 없는 체험을 함으로써
사랑으로 가는 길을 발견할 수 있지요.
최상의 선택을 하십시오.
사랑은 연습해서 숙달하는 것이 아니라,
그저 허용하는 것입니다.

사랑은 여러 가지 그릇에 담겨서 옵니다.
예술가의 멋진 작품에 담겨서 올 수도 있고,
순교자의 자기희생이나
지도자의 단호한 결단에 담겨서 올 수도 있습니다.
부모의 따뜻한 손길을 통해서 올 수도 있습니다.
어린아이의 손을 잡고 길을 건너는
이런 아주 단순한 행위도
기념비적인 사랑의 행위라고 할 수 있습니다.

친절과 사랑의 행위 하나하나가
그대들의 세상에서
신적인 진리가 더 빛을 발하고
더 힘을 갖게 합니다.
그대의 육체적 현실 속에 사랑을 채워
할 수 있는 최선을 다해 충만한 사랑의 삶을 사는 것,
이것이 이번 생에 육체를 갖기로 결정한
그대 내면에 있는 신의 부름에 응답하는 것입니다.

그대들의 세상 모든 사람이
이런 사랑의 성취를 열망하고 있습니다.
육체적 현실 속에서의 사랑의 성취는
신적인 사랑의 대용품이 아닙니다.
육체적 현실에서 성취되는 사랑은 그야말로
우주적인 계획에 따라 물질세계를 만들고,
양육하고, 힘을 북돋워 주고, 자유롭게 해 주는
신적인 사랑 그 자체입니다.

신을 사랑하느냐
아니면 자신의 짝을 사랑하느냐로
사랑이 나누어질까 봐 두려워할 수도 있겠지요.
그러나 이 둘 사이에
아무런 충돌이 없다고 말하고 싶습니다.
그대들이 육체 차원에서 받는 자양분은

그대들의 영적인 성장에도 도움이 됩니다.
실제로 그렇습니다.
꽃들이 태양을 갈망하듯
그대들은 사랑하는 이의 사랑을 갈망합니다.
그대들에게는 그럴 권리가 충분히 있습니다.

사랑은 죽음 후에도 사라지지 않나요?

사랑은 영원합니다.
환영이 만들어 놓은, 이를테면 시간과 공간 같은
모든 장애물을 통과하여
영원히 존재합니다.
사랑은 끊을 수 없는 연결입니다.
그대가 일상생활에서 이 일 저 일을 하면서
분주히 움직이고 있는 중일 때도
물질 차원과 비물질 차원을 연결하는
의식의 끈은 풀어지거나 끊어지지 않고
두 세계 사이에서 소통합니다.

내면에 사랑을 채우고,
신에게로 돌아가려는 열망의 불이 계속 타오르게 한다면
고향으로 향하는 이 신성한 여행은
그대의 삶을 끊임없이 새로워지게 할 것입니다.
그리하여 그대의 가슴은 고향으로 되돌아가겠지요.

그대들의 문화에서는 일반적으로
마음이 앞서고 가슴이 뒤따르는 것이
올바른 순서라고 여기며,
그렇지 못하면 불합리한 것이 아닌가 의심하죠.
나는 이런 오해를 뒤집어서
그대들이 그대들의 가슴, 영혼의 에너지, 자연스러운 자발성,
그리고 사랑의 삶으로 되돌아가게 해 주고 싶습니다.

단지 체험하기만 하면 되는 것이지
꼭 합리적으로 살아야만 할 필요는 없습니다.
합리성이란 가슴에게
"너는 생각이 없고 아무것도 모르잖아.
그러니 여기는 내가 통제할 거야"라고 말하는
마음의 주장입니다.

생각은 문까지 가는 데 필요한 일종의 도구입니다.
문에 도달하면 도구는 버려야만 합니다.

사랑하는 이들에 대한 걱정을
어떻게 하면 멈출 수 있을까요?

모든 영혼에게 절대적인 신적인 지혜가 있음을
신뢰함으로써 멈출 수 있습니다.
걱정은 사회적으로 용인되는 것처럼 보이는
좁은 통로만 믿고
다른 길들을 불신하는 것입니다.

그대가 "자식에 대한 걱정이 크다"라고 말하면
누구나 "아, 당연히 걱정이 되죠"라고 응답하며
그대를 좋은 부모라고 생각하죠.
그러나 그대가
"나는 정말 내 자식에 대한 신의 계획을 믿지 못하겠어"라고
말한다면 사람들이 어떻게 반응할 거라고 생각합니까?

어떻게 하면 가슴을 열고
신의 목소리를 들을 수 있을까요?

그대가 오랜 세월 동안 가슴을 닫는 데 사용해 온
온갖 장치들을 해체하기만 하면 됩니다.
가슴은 자연적으로 열려 있습니다.

그대가 추구하는 것과
어떻게 맞서 싸우고 있는지를 알아차리고
거기에 주의를 기울이십시오.
그러면 다음과 같은 질문에 답을 얻는 데 도움이 될 겁니다.
어떻게 하면 나의 길을 찾을 수 있을까?
어떻게 하면 가슴을 열 수 있을까?
어떻게 하면 내면에 있는 신을 만날 수 있을까?
어떻게 하면 나와 함께 있는 영들의 목소리를 들을 수 있을까?
어떻게 하면 사랑하는 법을 배울 수 있을까?
어떻게 하면 진정한 나 자신으로 성장할 수 있을까?
진정한 내가 아닌 것으로 존재하기를 그치면 됩니다.

그대가 사는 인간 세상에서
안전이 보장된다는 확신이 있음에도 불구하고
가슴이 즉각 열리지 않는
그런 가슴은 하나도 없습니다.
가슴을 여는 것은 전적으로 두려움의 문제입니다.

4
길:
사명, 스승, 훈련

인간의 형상을 한 모든 사람이
자신의 성장을 위해 이번 삶을 선택한 것이라면
모든 인류가 영적인 길을 가고 있다는 뜻인가요?

예, 정말 그렇습니다.

에마누엘, 참 아름다운 생각이네요.

우주 전체가
하나의 아름다운 생각이지요.

그대들은 현 단계를 보고
그대들의 다음 단계를
알게 될 것입니다.

다른 방법으로는
결코 다음 단계를 찾을 수 없을 겁니다.
그대들의 지성은 다음 단계를 알지 못합니다.
신의 실재는 그대들의 생각의 대상이 될 수 없고,
오직 체험할 수 있을 뿐이지요. ❀

그대들이 가고 있는 길은 하나의 방편입니다.
하지만 그대들은 종종 그대들의 길을
최후의 상징인 것처럼 오해하곤 하지요.

인류는 내면의 성소인 가슴으로 가기보다는,
이미 내면에 실재가 현존하고 있음에도 불구하고
그것을 상징하는 그 무엇들을 만들고 있습니다.
경이로운 직관적 동경이 길을 잘못 들면
잘못 들어선 길에서
자기가 도달하고자 하는 목표를 설정하고
그걸 찾게 됩니다. ❀

의식(儀式)은 궁극적인 목표가 아닙니다.
의식은 궁극적인 목표가 있음을
상기시켜 주는 역할을 할 뿐입니다.

어떤 의식이 그대에게 말하는 것이 있으면
그 이야기를 들으십시오.
만약 그 의식에서 더 이상 들을 말이 없고
또 다른 의식이 필요하다면 찾아보세요.

이런 훈련을 소개하고 싶네요.
모든 것을 사랑으로,
그대의 일부분으로 바라보는 훈련입니다.
자기 자신을 사랑하는 것의 필요성을
내가 얼마나 여러 번 언급했는지 아시지요?
물론 그냥 가볍게 흘려들은 사람도 있지요.

예를 들어 꽃 한 송이가 있습니다.
그냥 바라만 보지 말고
사랑의 손길로 어루만져 보세요.
이것이 체험입니다.
향기를 맡아 보세요.
그 향기는 그대의 일부입니다.
부드러움을 느껴 보세요.

그것이 그대의 부드러움입니다.
뿌리의 튼튼함을 느껴 보세요.
그것이 그대가 세상에 단단히 뿌리를 내리고 있는
그대의 힘입니다.
만약 그 꽃이 그대의 일부가 아니었다면
그 꽃이 눈에 들어오지도 않았을 겁니다.

궁극적으로,
열린 가슴으로 사는 것
이것이 그대의 가장 위대한 스승입니다.

그대에게 주어지는 삶의 매 순간이
그대의 숙제입니다.
그대는 무엇에 최선을 다하나요?
그대에게 가장 큰 성취감을 주는 것은 무엇인가요?
거기에 그대의 숙제가 있답니다.
그대의 가슴이
그대가 성취해야 할 것을 성취하는 길로,
그리고 신의 구원 계획 안에서
그대가 여기서 수행해야 하는 역할로 그대를 인도할 것입니다.

신의 왕국에는 어떤 목표를 향해 나아가는
그런 것이 없습니다.
거기에는 그저 '있음', '존재함'만이 있을 뿐이지요.

'있음'은 움직임이 없는 정지 상태가 아닙니다.
'있음'은 믿을 수 없을 정도의 창조성,
왕성한 성장과 움직임 상태이지요.

신의 우주에서는
같은 상태로 머물러 있는 것이 아무것도 없습니다.
감히 말하지만, 신의 의식 그 자체도
결코 같은 상태에 머물러 있지 않습니다.
신의 우주는 영원히 배우는 과정입니다.
놀랍고 멋지지 않습니까?

아주 미미한 변형이라 할지라도
호수에 떨어진 조약돌처럼
잔물결을 일으키며 끝없이 퍼져 나갑니다.

스승이 꼭 있어야 하나요?

그대 자신의 직관적인 앎이
가장 중요한 스승이란 사실을 간과하지 마십시오.

가르침이란 기억을 떠올리게 하고
타다 남은 잿불을 다시 타오르게 하는 것입니다.
가르침은 의식 속에서 잠자고 있는 기억을 되살려
거기에 초점을 맞추도록 합니다.
어느 누구라도 상대가 가지고 있지 않은 것을
가르칠 수는 없습니다.

그대들 자신이 통신 채널입니다.
그대들은 모두 자신의 가슴의 목소리를 듣고자
통신 채널을 열었습니다.
그렇지 않았다면 여기에 오지도 않았을 것입니다.
그대들 자신의 인간으로서의 삶의 경험,
그 깊은 우물에서
사랑, 앎, 지혜의 맑고 시원한 물을 길어
그대들의 인간 공동체에 속한
나머지 사람들에게 나누어 주십시오.
그렇게 하는 것이 그대들이 진리 안에 있는 것이고,
신적인 사랑과 신적인 빛 그리고 신 그 자체를
환하게 밝혀 보여 주는 하늘의 등불이 되는 길입니다.

그러나 기억하십시오.

스승이라 할지라도 배움을 멈추면

가르침도 끝납니다.

그런 사람은 단단하게 고정된 푯말 역할은 하겠지만

스승은 아닙니다.

선생이 학생에게 배운다는 개념은

새로운 것이 아닙니다.

모든 세대의 지혜로운 영혼들은

늘 그렇게 말했습니다.

선생은 가르치는 과정에서 스스로 많은 것을 배웁니다.

그러므로 스승으로 성장하려면

늘 배우는 학생의 자세로 남아 있어야만 합니다.

모든 종교는 그 근본이
신으로부터 받은 영감이지만
사념에 사로잡히고 제한되고 왜곡되어
여러 차례 파멸을 경험했습니다.

이런 말을 하는 것은 종교에 반대하기 때문이 아니라
교의의 역할에 대한 회의 때문입니다.
모두 안에 있는 신을 믿는 것이
궁극적인 종교이고,
그대들이 거기에 도달하기 위해 어떤 길을 택하든지
그건 아무 상관없는 일입니다.

모든 종교는 그것이 있도록 만든
신적인 빛의 폭발이라는 점에서 존중받아 마땅합니다.
하지만 종교라고 하여
남자나 여자나 각 개인이 내면에 지니고 있는 힘보다
더 큰 힘이 종교에 있는 것처럼 숭배되어서는 안 됩니다.
종교의 교의는 오랜 세기를 거치면서 사람들을 가르쳤고,
아마 그렇게 오랜 세월 동안 스스로 성장을 거부하고
같은 교의를 가르치다 보니
인류의 의식 성장을 저지하는 역할을 한 것으로 보입니다.
이 문제는 질문할 필요가 있습니다.
그리고 항상 그대들의 가슴이 마지막 판단을 하도록 하십시오.

인간의 내면에 존재하는 신은
아무 이상 없이 살아 있습니다.
인간의 경험의 가치를 무시하고
종교적인 길만 신봉하는 사람들은
인간성 내면에 신이 없을까 봐 두려워합니다.
신에 대한 그들의 시각 속에는
내면에서 신을 찾는 이들이 경험할 수 있는
따뜻함, 동정심과 자비, 그리고 생명력이 없습니다.
스스로 신성을 지닌 인간임을 거부하는 그들에게
그대들의 사랑과 자비를 베푸세요.
그들은 지금 고통스러운 길을 가고 있습니다.

자기희생이 영적으로 필요한가요?

그대가 만약 주전자이고
안에 맑고 깨끗한 물이 가득 차 있다면
그대의 삶에서 그대에게 다가오는 다른 주전자들에게
물을 부어 주는 것을 매우 행복하게 여기겠지요.
그러나 만약 그대가 빈 주전자라면
그들에게 무엇을 줄 수 있겠습니까.
그냥 주는 시늉만 할 뿐
아무것도 주는 것이 없지 않겠습니까?
대가를 바라고 또는 요구 사항을 붙여서 무언가를 주는 것은
스스로도 필요한 것이 충족되지 않았기 때문이겠죠.

목표나 의도가 고귀하려면
먼저 자신이 고귀해야만 합니다.
자기희생은 실제의 가치보다
과대평가되어 칭송받아 왔습니다.
아무도 다른 사람을 위해 희생할 필요가 없습니다.
여기에 아주 미묘한 환영이 있습니다.
'희생'이 고통스럽다면 그것은 아마
아무것도 주고 싶지 않은 마음이 뒤에 있기 때문이겠죠.

그대가 가득 차 있을 때 주십시오.
그것은 기쁨이고 사랑입니다.

명상은 내면 깊은 곳에 묻혀 있는
자기애라는 보물을 발굴하는 것을
도와주는 길입니다.

명상은 때때로 그대의 불완전한 부분들을
강제로 보게 할 수 있고,
그것은 상당히 힘든 경험이 될 것입니다.
그러나 그것은 지나가는 일시적인 경험입니다.
그대가 보는 그대의 불완전한 모습은
생명력이 돌처럼 굳은 부분들입니다.
굳은 것이 풀려나 소생하면
생명력은 기쁨에 넘쳐 다시 부드럽게 흐를 것입니다.
그대의 내적인 존재에 귀를 기울이십시오.
그대의 내적인 존재는
그대의 의식적인 마음보다 현명합니다.

거의 모든 것이 명상이 될 수 있습니다.
음악, 조용한 산책, 아주 훌륭한 음식, 벽난로의 불빛,
은은한 촛불, 사랑하는 이와 손 맞잡기 등
무엇이 됐든 사념의 아우성을 잠재우고
그대 존재의 기쁨에 초점을 맞추게 하는 것은
모두 명상이 될 수 있습니다.

어떤 사람들은 명상의 형식에
지나치게 얽매이는 경향이 있습니다.
그러나 명상하는 방법은
땅 위를 걸어 다니는 사람들만큼이나 많습니다.
자기가 할 수 있는 어떤 방법을 통해서든지
내면의 고요, 내면의 진리로 들어갈 필요가 있습니다.
명상을 통해서 그대의 내면이 환해지는 것은
그대의 타고난 권리입니다.
명상은 그대를 그대 존재의 본질과
영혼의 지혜로 들어가는 문을 여는 열쇠입니다.

명상 수련의 고요한 시간을
열린 문이라고 여기십시오.
그 문을 통해 광대한 빛 속으로,
자아와 실재에 대한
더 넓은 알아차림 속으로 들어가십시오.
명상에 대한 이런저런 설명은
이해를 돕기 위한 것일 뿐입니다.
말에 얽매이지 마세요.
이 점을 잊시 마십시오.

명상을 하다가 일상적인 의식 너머로
의식이 확장되는 문턱에 도달하면,
지적인 마음으로는
따라갈 수 없는 순간과 마주치게 됩니다.
그때 그 상황을 어떻게든지
생각으로 통제하려고 한다면
그것은 의식의 확장을 제한하는 것입니다.

지적인 마음을 넘어설 때
영혼의 마음에 닿을 수 있습니다.
이 영혼의 마음이
명상 중에 확장된 의식에게
확장된 세계의 형상과 질료,
그리고 그것들의 의미와 관계를
설명해 줄 수 있습니다. ❦

계속 새롭게 되는 것이
그대의 기도가 되게 하십시오.

그대 존재의 가장 깊은 부분,
그것이 바라고 그것이 필요로 하는 것,
늘 있음 상태로 있는 그것,
거기에 접촉하는 것이 그대의 기도가 되게 하십시오.
말로 기도하는 것보다 더 자주
그것이 자신의 언어로 말하도록 내버려 두십시오.

"신이시여, 다시 당신과 함께 있길 원합니다.
고향으로 돌아가길 원합니다."
이 갈망 자체가 생명의 기도입니다.

기도하는 방법은 정해져 있지 않습니다.
그저 가만히 있는 것.
하나인 상태의 한 부분으로 있는 것.
고향으로 돌아가는 한 과정.
이것이 기도입니다.
그대가 원하는 방식으로 이 기도를 하십시오.

고향과 연결되어 있음을
스스로 확신하는 것이 기도입니다.

그대가 어렸을 때 대낮에 집에 가는 길을 잃고
집으로 돌아가지 못할까 봐 무서워서
집에 가고 싶어서 엉엉 운 것은
집이 아직 있다고 믿고 있었기 때문이겠죠.
그대는 그때 그 무서움을 기억할 수 있을 겁니다.
기도는 마치 그와 같은 것입니다.
고향으로 돌아가고 싶어 하는 것.
이것이 기도입니다. 🍀

그대의 세계에는 모든 수준의 이해와
각 이해 수준에 맞는 모든 가르침이 있습니다.
그대는 그대의 수준에서 들을 수 있는 가르침에
친근감을 느낄 것입니다.
그 친근감이 시들해지면
다른 형태의 가르침을 찾아야겠지요.

어떤 나라에서든지 또 어떤 신앙에서든지
참된 영적인 스승들은
인류의 개인이나 집단의 의식을
내면의 신을 향해 방향을 돌리게 하는
위대한 목적을 위해 애썼습니다. 🍀

가슴을 열고 그런 신성한 안내를 받아들이십시오.
그러나 강물에 떠내려가는 나뭇잎처럼
수동적으로 따르지 말고,
깊고 흐름이 빠른 강물 위에서 노를 저어 가며
자기 방향을 찾아가는 뱃사공처럼
자신의 배에 대해 책임을 지며 나아가십시오.

그대의 가슴, 사랑, 자아 감각을 통해서만이
확장된 직관적인 알아차림에 도달할 수 있습니다.
다른 방식으로 직관을 추구한다면
가슴을 잃어버리는 위험에 빠질 수 있습니다.
직관을 계발하고
여러 가지 힘을 얻어 자신만만해 할지라도
사랑이 무시되고 결여되었다면
과연 무엇을 가졌다 하겠습니까?

그대의 가슴이 살아 있다면
무엇을 잃겠습니까?
그리고 그대의 가슴이 살아 있지 않다면
무엇을 얻겠습니까?

환한 깨달음에 이르기까지
얼마나 오랜 세월이 걸리는지요?

삶에서 일어나는 모든 일들은
알아차림을 확장하는 목적을 위한 것입니다.
자신의 어떤 부분이라도 결코 폐기 처분해서는 안 됩니다.
존재 전체가 신성한 빛이 될 때까지
자신의 모든 부분을 빛으로 변형시켜야 합니다.

빛으로 변형되는 과정은 아주 천천히 진행됩니다.
한 달 전과 똑같은 상태에 있다고 느낄 수도 있지만
결코 그렇지 않습니다.
그대에게는 한 달 동안의 삶의 경험이 더해졌기 때문에
알아차림도 이전보다 더 늘어났습니다.

이렇게 말하는 것은
더디다고 해서 낙담하지 말라는 것이지
노력하지 말라는 뜻은 아닙니다.
의식적으로 노력하면 노력할수록
성장도 그만큼 더 빨라집니다.

5
영(靈)의 영역

빛의 존재들을 감지하고자 하는 깊은 갈망을
가슴 속으로 깊이 들이마시세요.
우리(빛의 존재)가 어떤 모습일 것이라는
모든 기대를 내려놓으십시오.

기대가 경험을 얼마나 제한하는지 알아야 합니다.
지금 이 순간
영의 세계에 접촉하도록
그대 자신을 그냥 허용하십시오.
필요한 것은 그대의 허용뿐입니다.
우리는 여기 있습니다.
여기로 들어오기를 그리워하세요.

116

마음은 이곳으로 오는 길을 모르지만
그대의 가슴은 이미 이곳에 있습니다.
그대들의 영혼은 결코 이곳을 떠난 적이 없습니다.
그대의 귀향을 환영합니다. 🏵

나는 영의 세계에 있나요?
예, 그렇습니다.
나는 여기에 있습니다.
손을 내미세요.
그러면 만질 수 있을 겁니다.

그대가 "그건 당신의 상상이지"라고 말한다고 해도
어쩔 수 없습니다.
그러면 나는 그대의 상상이 만들어 낸 허상이 되겠지요.
그렇다면 그대도, 그대의 세계도, 그대의 갈망도,
그리고 그대의 사랑도 모두 상상이 만들어 낸 것이 됩니다.
그대 자신을 어떻게 그렇게 볼 수 있겠습니까?
어떻게 그런 고통 속에서 살 수 있겠습니까?

예, 나는 여기에 있습니다.
그리고 그대도 영원히 여기에 있습니다.

우리는 존재합니까?

예, 우리는 존재합니다.

신이 있습니까?

예, 신은 존재합니다.

놀랐나요?

예, 놀랐겠죠.

혼란스럽습니까?

물론 그렇겠죠.

그대는 불완전합니까?

예, 완벽하게 불완전합니다.

괜찮습니다.

이 모든 것이 신의 계획의 일부로서

여기, 저기, 그리고 모든 곳에 나타나는

신의 사랑입니다.

이성적인 마음에 갇혀 있는 지인들,
심지어는 제 자신의 이성적인 마음에
어떻게 하면 당신을 가장 잘 설명할 수 있을까요?

내가 문제를 내놓고 있다는 것을 압니다.
정중하게 사과하지요.
그대가 제 태도를 관대히 봐 주신다면
그저 살짝 미소 짓겠습니다.

나를 설명하는 것이 왜 이렇게 어려울까요?
그것은 그대가 아직
그대 자신의 갈망과 성장
그리고 그대가 믿고 있는 것들의 개화(開花)를
어느 정도 부끄러워하기 때문이 아닐까요?
교양 있는 사회에서
"신"이라는 단어를 꺼내는 것이
아직 좀 불편한 게 사실 아닙니까?

나는 그대들과 다른 이상한 존재가 아닙니다.
나는 영이고 그대들도 영입니다.
나는 몸이 있고 그대들도 그러합니다.
물론 내 몸은 의식의 변형으로 인해
그대들의 몸과는 조금 다릅니다.
그대들과 나는 같은 길을 가고 있습니다.

우리는 신적인 진리를 추구하며
우리의 영혼은
신과 하나인 상태로 돌아가길 갈망하고 있습니다.
우리는 모두 각자의 영역 안에서 성장하고 있습니다.
정말 그렇습니다.

그대들의 실재와 나의 실재 사이에
큰 간격이 있는 것은 아닙니다.
육체를 지니고 있는 인간만이
우주에서 확실한 실체를 가지고 있는
유일한 지성체라고 믿는 사람들이 있습니다.
그건 명백히 사실이 아닙니다.
우리에게도 우리의 물질적인 실체가 있습니다.
내 몸이 그대들의 몸과는 달리 사진에는 안 찍히겠지만
확실히 존재합니다! ✿

지금 이 순간
인간들만큼이나 많은 영들이
인간의 의식 성장 과정에
참여하고 있습니다.

수많은 다리가 건설되고 있습니다.
수많은 문이 열리고 있습니다.
이 다리와 문을 통해서
하나인 상태로 인도하는 빛이
신적인 빛의 세계에서
신적인 빛으로의 변형이 진행되고 있는
그대들의 세계로 흘러들어 오고 있습니다.

신적인 빛의 존재들이 무수히 많습니다.
그 존재들의 수만큼이나 강도도 다양합니다.
물질적인 존재도 있고, 비물질적인 존재도 분명히 있습니다.
이들은 모두 자신의 참 자아를 실현하기 위해
활발하게 움직이고 있습니다.
사랑과 의식의 이 반짝이는 불꽃들이
관계를 맺기도 하고 헤어지기도 하고,
사랑에 빠지기고 하고 실망하기도 하면서
삶을 엮어 나가는 모습,
그러면서 끊임없이 배워 나가는 모습을 보면

신의 창조가 기적임을 분명히 알 수 있습니다.
이 장엄하고 놀라운 태피스트리를
그대들에게 어떻게 설명할 엄두도 내지 못하겠습니다.

절망하지 마십시오.
어떻게 생각할지 모르지만
신은 그대들 인간의 알아차림의 반짝임,
아주 작은 반짝임일지라도 놓치지 않습니다.
그런 순간은 결코 없습니다.
어둠이 나타난 것은 단지
그대들이 스스로 자신을 잊은 망각의 그림자가
드리웠기 때문일 뿐입니다.

사랑하는 이들이여,
그대들의 세계는 나의 세계가
그리고 나의 세계는 그대들의 세계가 필요합니다.
우리는 이 빛으로의 변형의 길을
함께 가야만 합니다.

우리가 더욱 자주 만남에 따라
금처럼 반짝이는 알아차림의 실들이
우리의 실재를 서로 하나로 엮어 짜 나갈 것입니다.
언젠가는 모든 환영이 사라지고
우리가 서로 상호 관계를 맺고 하나가 되는
가장 아름다운 순간이 올 것입니다.

그때까지는 인간으로서의 삶을 살아나가는 데
상당히 큰 믿음이 필요할 것입니다.
그렇지 않겠습니까?

모든 사람에게 안내자 영이 있나요?

하나 이상의 영이 함께하지 않는 영혼은
존재하지 않습니다.

그대들도 안내를 받고 있습니다.
나는 그대들에게 이 점을 다시 확인시켜 주고 싶습니다.
더 이상 인간이 될 필요가 없는 일부 영혼들이
인간들을 안내하고 가르치기 위해서
우리의 의식 영역에 머무르고 있습니다.
우리를 친구로 맞아 주십시오.
그대들의 삶 속에 우리를 허용해 주십시오.
우리는 예배받기를 바라지 않습니다.

오직 유일자에게만 예배를 드리세요.

그 유일자가 신입니다.

우리는 그대들과 마찬가지로

듣고 말하며 대화를 나누기 위해 여기 있는 것입니다.

이 일에 부름을 받은 우리 가운데 많은 영혼들이

우리를 찾는 사람에게 다가가는 기쁨을 맛보고 있습니다.

우리는 인간의 열망과

영의 진실을 이어 주는 다리입니다.

이것은 우리가 선택한,

우리에게 주어진 숙제입니다.

우리는 그대들을 더 깊은 이해 속으로 인도할 수 있습니다.

우리는 그대들이 끊임없이 앞으로 나아가며,

영원히 사랑받고 보살핌을 받을 것이라는 사실을

보장할 수 있습니다.

이것이 우리가 할 수 있는 일의 전부입니다.

그 이상은 그대들이 스스로

한 걸음 한 걸음 나아가야만 합니다.

그대들은 그대들의 삶을 살기 위해 여기 있는 것입니다.

나의 역할은 그대들이 스스로

내면의 신적인 빛을 향해 나아갈 수 있도록

나의 사랑을 통하여

그대들의 삶의 주위를 신적인 빛으로 비춰 주는 것이지요.

우리를 안내하는 영들은 누구입니까?
그들과 만나려면 어떻게 해야 하나요?

그대들을 안내하는 영들은
자신들을 끝까지 용서한
용서 차원에 존재하는 영들입니다.
그들은 지금 그대들이 스스로를 용서하고
그대들 각자의 내면에 있는
참 그리스도를 발견할 수 있도록 돕고 있습니다.

그들을 어떻게 찾을 수 있냐고요?
명상과 기도를 통해서,
그리고 그대들의 가슴을 열고
그들의 안내를 받기를 원해야 합니다.
그대들이 예상하지 못했던 말이나
듣기를 원하지 않는 말이라도
기꺼이 듣겠다는 마음을 먹어야 합니다.

그대를 개방하고 받아들이십시오. 그대들도 알다시피
안내하는 영들과 만나는 과정은 천천히 진행됩니다.
나의 현실과 그대들의 현실 사이에 있는 장벽은
그대들 쪽에서 확실히 견고하게 존재한다고 여기지만
내 쪽에서 볼 때는 전혀 존재하지 않는
환영의 장벽입니다.

그대들이 그것을 현실로 여기기 때문에
그것이 있는 것입니다.

그대들과 우리들 세계를 갈라놓고 있는
그 가공의 창조물을 허무는 작업을 시작하십시오.
그 장벽에 시시때때로 구멍을 뚫어
그 구멍을 통해 들어오는
신적인 빛을 보겠다고 작정하십시오.

가르침을 구하는 책임은 분명히 그대들 몫입니다.
그 가르침을 활용하는 책임도 역시 그대들 몫입니다.
영의 세계에 있는 우리는
저항의 문턱을 넘어서
그대들에게 소리 지를 수 없습니다.
우리는 그대들이 보다 명료한 방식으로 교신하기로 작정하고
문을 열 준비가 되기 전까지는
그대들의 꿈속에서
또는 그대들의 명상 속에서
또는 그대들의 영감을 통해서 은밀하게 말합니다.
전해지는 교신 내용을
귀로 듣는 것뿐만 아니라 가슴으로도 받아들이십시오.
문은 열려 있습니다.
교사들도 준비가 되어 있습니다.

우리가 받는 안내를 신뢰할 수 있을까요?

시험하고 점검해 보아야 합니다.
듣고, 그 들은 것을
그대의 가슴, 그대의 내면의 지혜, 그리고 그대의 직관이
최종적인 권위자가 되어 판단하도록 하십시오.
현재 상태에서는 그대에게 적절하지 않은 것은
받아들이지 마십시오.
이 책임은 결코 포기하면 안 됩니다.
사랑하는 이들이여,
그대들이 신이라는 사실을 기억하십시오.
그대들이 그러하다는 것을 신뢰하십시오. ❁

지구에 중대한 필요가 있을 때
지상에 내려오는 신을 수호하는 천사 세라핌이 있습니다.
이들은 지상에서 평생을 보내지 않습니다.
갑자기 나타났다가
어느 순간 홀연 사라집니다.
그러면 그대들은 서로 이렇게 말할 겁니다.
"너 그 놀러 왔던 사람 기억나지?"
"그 사람 상당히 특별하지 않았어?"
"그 여자 이름이 뭐였더라?"
"그 여자 지금 어디서 살고 있는지 궁금하네."

안내하는 영이 아닌 영혼들과도
교신이 가능한가요?

당연히 가능합니다.
서로 연결된 사랑의 고리는 결코 끊어지지 않습니다.

서로 연결된 사랑의 황금 사슬은 영원합니다.
진정으로 필요할 때는
그 영혼이 어떤 상태에 있든지 부를 수 있습니다.
설령 그 영혼이 환생했다고 하더라도
부르는 이에게 올 것입니다.
이것은 꼭 알아야 할 중요한 사실입니다.

우주에는
자비, 균형, 그리고 사랑이 있습니다.

어둠의 힘에 대하여 말씀해 주십시오.

어둠은 강제로 침범하지 않습니다.
인간이 어둠을 자초한 것이죠.
손님을 나무랄 것이 아니라
주인에게 따져 보아야 할 문제입니다.
이제 막 길에 들어선 어린 영혼들에게는
징벌을 가하기보다는 자비를 베풀어야 합니다.
그대들은 유아원 어린애들이
읽지도 못하고 쓰지도 못한다고 하여
타락한 영혼이라고 비난하지는 않겠죠.

어둠을,
위협하는 적이 아닌
사랑할 수 있는 기회로 볼 필요가 있습니다.

그대는 그대들의 세계와 나의 세계 사이에
얼마나 많은 교류가 일어나고 있는지
모르고 있습니다.
이 교류는 끊임없이 일어나고 있습니다.
그대들의 세계와 우리의 세계를 분리하는 것은
그대들의 학습된,
환영이라는 얇은 막입니다.

그대의 영혼은 자궁 속으로 들어가면서
제한된 현실에 적응하기 시작합니다.
태어나는 순간에는
몸속에 갇혔다고 느끼기보다는
배울 것이 많은 중요한 여행길에 올랐음을 압니다.
몸은 그대의 전체의식을 담기에는 너무 작습니다.
어디선가 어린아이의 울음소리를 듣게 되면
그 아이가 바로 그대 자신임을 알아야 합니다.
갓난아이가 자기가 "자기임"을 알기까지는
아마 여러 달, 아니 여러 해가 걸릴 것입니다.

6
이원성:
악, 어둠, 고통

그대들은
불이 환하게 켜져 있는 방에서
두 눈을 꼭 감고
어둠이 무섭다고 말하는
어린애들과 같습니다.

모든 어둠은
빛이 가로막힌 것입니다.

악이 무엇입니까?

망각 이외에 다른 그 무엇이 악이겠습니까?

그대들은 어둠의 속성을 알 필요가 있습니다.
어둠의 속성은 유한(有限)입니다. ❀

그대들 중에는 내가 왜 항상 선(善)만 약속하고
어둠에 대해서는 한마디도 하지 않는지
의아하게 생각하는 사람도 있겠지요.
간단합니다. 그것은 내 시각에서는
어둠이 존재하지 않기 때문입니다.

내 눈에는 그대들 모두가
오해에서 비롯된
그대들 자신의 관념의 미로에서 탈출하려고 애쓰는
빛의 존재들로 보입니다.
그대들은 배우고, 배우며, 또 배워 나가고 있습니다.
자신이 누구인지를 찾는 것이지요.
그대들은 그대들을 물질세계에 데려다 놓은
믿음들을 바꿔 나가고 있는 중입니다.
어둠이 있다는 믿음,
두려움의 힘에 대한 믿음,
분노가 힘을 가지고 있다는 믿음.
이 모든 것은 사랑에 대항하는 것들입니다.

여기에 있는 이 모든 것은
그대들의 배움을 위해 있는 것입니다.
그대들이 스스로 가져다 놓은 것들이죠.
그런 것들에 대한 그대들의 믿음이
그것들을 창조해 낸 것입니다.
그대들은 패배하고 좌절하기 위해서가 아니라
배우기 위해서 그것들을 창조했습니다.
물론 그대들 모두에게
어둠이 있는 것처럼 보일 수 있습니다.
하지만 그대들이 믿고 있는 것처럼
실제로 어둠이 있는 것은 아닙니다.
어둠은 그대들의 그릇된 환영이 투영한
그림자일 뿐입니다.
그것이 빛으로부터 그대들을 차단하는 것이지요.

나는 앞으로도 계속
빛과 사랑만을 이야기할 것입니다.
왜냐하면 이것이 내가 아는 유일한 언어이기 때문입니다.

인간 세상에 존재하는 것 중에
신적이지 않은 것은 아무것도 없습니다.

인간 세상은 신의 세계입니다.
그대들 세상의 왜곡과 이원성을
신의 사랑, 유일자가 감싸고 있습니다.
그 나뉨이 없는 실재가
그대들의 이원적인 세상을 품고 있습니다.
그대들의 세상은 진실로
신적인 사랑과 빛과 진리로 다스려지고 있습니다.

악이란 단지
신의 의지와 신의 법칙에 대한 무지일 뿐입니다.
신의 의지가 기쁨, 희열,
그리고 영원한 행복으로 채워져 있음을 안다면
아무도 거기에 저항하지 않을 것입니다.

부정적인 에너지들이
신의 자연스러운 법칙을 따르지 않는 것처럼 보일지라도
실제로는 그것들도 그대들의 물질 세상에서
신의 일을 수행하고 있는 것입니다.
그 부정적인 에너지들이 없다면
그대들은 어둠과 빛 사이에서 무엇을 선택할 수 없습니다.
그러면 그대들의 성장 과정도 많이 지체되겠죠.

그러므로 그것들도 꼭 필요한 구성 요소임을 알아야 합니다.
그들은 끝까지 이런 사실을 받아들이려고 하지 않겠지만,
부정적인 에너지들은 주인이 아닙니다.
그들은 신의 뜻을 수행하는 종들입니다.

인간의 이원성이 변덕스러워 보일지라도
그 주위를 늘 감싸고 보호하고 있는
우주적인 지혜가 있습니다.
그대들을 감싸고 있는 이 신의 은총은
사랑과 영원한 빛이며,
이 신의 은총이 자기 안에
그대들의 성장 과정을 받아들여 품고 있습니다.

부정성은 자체 내에
스스로를 파괴하는 씨앗을 지니고 있습니다.

그대들은 그대들이 믿는 것을 경험합니다.
긍정적인 것이든 부정적인 것이든,
그대들이 살고 있는 세상은
그대들이 사실이라고 믿는 믿음의 산물입니다.

그대들이 살고 있는 특정한 국가와 지역,
진화 과정에서 지금이라는 특정한 시간 등
지금 그대들이 처해 있는 모든 환경은
그대들 개개인 내면 중심에 있는
씨앗에서 비롯된 것입니다.

그대들의 이원적인 세상은
둘로 나누는 이분법을 무척 좋아합니다.
보편적인 진리를 찾는다는 미명 아래
둘로 갈라져서 이쪽과 저쪽이 서로 싸우는 것은
그대들이 때때로 휘말려 드는
삶이라는 게임의 한 부분이지요.
이러한 이원성도
이원성이 있게 된 의도를 알게 되면
궁극적인 합일이라는 목표를 성취하는 데
기여할 수 있을 겁니다.
그대들 세계의 위대한 사상가들은 오랜 세월 동안
분석해야 한다고 하면서 진실을 조각조각 나누어 놓았죠.

그리고는 진실의 전체 모습은 잊어버리고
고통과 혼란만 초래하게 되었지요.

빛을 추구하는 사람들이 있는 한
그림자가 자기를 따라다는 것처럼 보이는
그런 사람들도 있을 것입니다.
그림자는 단지 자기가 빛을 막았기 때문에 생겼다는 것을 알고,
그림자가 늘 자기를 따라다니는 모습의
자기 이미지를 바꿀 수 있다면
두려움과 환영이 사라지고
때가 되어 물질적인 몸에서 떠날 때는
오직 기쁨만 있을 것입니다.

그대들 세상의 이원성에는
신성한 목적이 있습니다.

그대들은 그대들 세상이 이원성을 띤
지금 이런 모습으로 창조되는 데 참여했습니다.
지금 그대들의 개인적인 실체가 있는 곳이기 때문이죠.

그대는 이원성 세계에 살고 있지만
그 세계에 구속된 것은 아닙니다.
그대의 세계는 감옥이 아니라
배우는 교실입니다.

이원성을 혼란과 방황이 아니라
합일을 발견하는 데 도움이 되도록 사용해야 합니다.

실제로 정면으로 대립하는 것은 없습니다.
대립하는 것이 있는 것처럼 보이는 것은
신적인 법칙을
서로 다른 이해의 차원에서 말하기 때문입니다.
오직 그뿐입니다.

먹이 사슬에서
잡아먹히는 쪽에 있는 것들의 고통은
정말 받아들이기 힘듭니다.

그들의 운명에 대해서
많은 생각에 사로잡혀 있는 사람들은
약육강식의 투쟁이 벌어지고 있다고 여기겠죠.
하지만 그 작고 약한 동물들의 의식 속에는
과거도 없고 미래도 없으며,
해야만 할 것도 해서는 안 되는 것도 없습니다.
그들은 그저 있을 뿐입니다.
판단에서 빠져나와 풀려나면
상황 전체를 받아들일 수 있을 겁니다.

하지만 어린 새가 둥지에서 떨어진다면…
어떻게 그 어린 새를 도울 수 있을까요?

사랑으로.

그런데 만약 고양이가 다가와서
그 새를 죽이려고 한다면…
그 새를 어떻게 도와줘야 할까요?

사랑으로.
새에 대한 사랑뿐만 아니라
고양이에 대한 사랑으로.

그대들이 약탈자라고 딱지를 붙인 육식동물에서
잔인성, 분노, 냉혹함을 본다면
그것은 단지 스크린에 투영된 영상만을 본 것입니다.
상호간의 계약을 완수하고자 함께 온
두 의식의 움직임,
그 연극의 배후에 있는
사랑과 균형과 이유와 목적을 볼 수 있을 때
그대들을 힘들게 만들었던 환영에서 벗어나
홀가분해질 것입니다.

인간 실존에 얽혀 있는 상황들을
맹목적이며 무관심한 태도가 아니라
보다 깊이 알아차리고 받아들인다면
그대 자신의 빛을 점점 더 환하게 비출 수 있을 겁니다.
인간 공동체가 무슨 일을 벌이든지 괘념치 않고
그것을 신적인 빛의 향연으로 보게 될 날이 올 것입니다.
그리하여 그대는 자유를 얻게 되겠지요.

**둥지에서 떨어진 새가
고양이에게 주어진 선물일 수도 있겠네요?**

그렇습니다.
하지만 그 새에게도 선물입니다.
감히 말하지만, 신의 의식은
그 새의 추락과 죽음을 기쁨이 넘치는 재결합으로,
빛이 고향으로 돌아오는 빛의 귀향으로 볼 것입니다.

높은 산에 올라, 최고봉에서 세상을 내려다본다면
어둠보다 훨씬 더 많은 빛을,
증오보다 훨씬 더 많은 사랑을,
폭력보다 훨씬 더 많은 친절을 보게 될 것입니다.
단지 부정적인 영역들이 좀 더 시끄러울 뿐이지요.
그들은 도움을 요청하고 있는 것입니다.
그들은 길을 잃고 두려움에 떠는 어린아이와 같습니다.

그들은 고함과 비명을 지르며 서로 치고받는 것 외에는
달리 무엇을 해야 할지 모르고 있습니다.

그들을 위해서 기도해 주세요.
그들 모두를 위해서 기도해 주시고
더 이상 그들을 두려워하지 마십시오. ✿

우리 차원에서
우울함이 뒤따르지 않는
황홀한 희열을 경험할 수 있을까요?

우울함과 희열을 하나로 볼 수 있을 때,
오직 그때 가능합니다. ✿

고통스러운 체험을 하면서
그렇지 않은 또 다른 현실을 보려면
먼저 믿음의 도약이 있어야 합니다.
고통과 어둠은 너무 강력합니다.

그대들의 육체는 아픔을 느끼고
때로는 비명을 지릅니다.
또한 감정이 가슴을 사정없이 찢어 놓는 때도 있습니다.
이런 스트레스를 받을 때 스스로 물어보십시오.
스트레스를 경험하고 있는 주인공이 누구인지.
체험하고 있는 상태에 함몰되지 않고
그런 체험을 하고 있는 자기를 자각하고 바라보는,
'그'가 누구인지.
그가 바로 빛의 사자입니다. ❀

우주를 생각할 때,
우주는 개인적인 혼돈을 허용하는
안정성이 있음을 알아차리기 바랍니다. ❀

폭력을 폭력의 진짜 본질인
아름다운 빛의 힘으로 변형시키는 길은,
폭력을 겉으로 드러난 모습이 아니라
그 힘이 결국은 무엇이 될 것인지
그것을 보는 절묘한 훈련입니다.
그대들 모두를 위한 해결의 열쇠를 하나 알려 드리죠.
더 이상 비열할 수 없을 정도로 비열한 사람에게서조차
물론 왜곡되어 있긴 하지만
그가 지니고 있는 신성을 보는 연습을 하세요.

폭력이 사악한 공격성으로 뒤틀리기 이전
원래의 신성한 상태는 무엇일까요?
그것은 신적인 빛에 대한 깊은 믿음,
무엇에도 굴하지 않고
그 빛에 대해 말하고 증언하는 힘입니다.
그 힘이 왜곡되어 폭력으로 뒤틀린 것입니다.

폭력은 무엇인가를 증언하는 하나의 방식입니다.
물론 진리를 증언하는 것이 아니라
왜곡된 무엇인가를 증언하죠.
폭력에는 용기가 있습니다.
이 점을 한순간이라도 잊지 마십시오.
폭력은 '해야만 한다'와 '해서는 안 된다'에서 시작하여
용기 있게 뛰쳐나오는 것입니다.

144

폭력은 말합니다. "내 주장은 이렇다.
나는 내 주장을 반드시 관철시키고야 말겠다."
그 소리를 영적인 가르침 맥락에서 듣는다면
그대 안에 있는, 그리고 세상에 있는 폭력을
변형시킬 수 있는 방법을 찾을 수 있을 겁니다.

살인, 폭력, 잔인함, 사악함, 부정과 불의.
예, 이 모든 것이 존재합니다.
하지만 이런 것들은 초등학교 일학년이 되기 전에 다니는
유치원 상태와 같습니다.
그런 수준을 넘어선(더 나은 것이 아닌, 그러나 분명히 더 지혜로워진)
그대들에게는 폭력을 바라보는 것이 고통스러울 겁니다.
그래서 그대들은 고뇌를 만들어 내는 고뇌를
고뇌하며 바라보는 것입니다.

테러를 두려워하지 마십시오.
폭력에 폭력으로 대항하지 마십시오.
고통과 고통스럽게 맞서 싸우지 마십시오.
그렇게 하지 못하면,
그대들이 피하고자 애쓰는 상황들이
더 오래 지속될 것입니다.
그런 것들에 대해서 이러쿵저러쿵 판단을 주고받는 것은
신의 실재를 인간의 이해에 맞추어
제한하는 것입니다.

그대들이 있는 곳에서는 옳고 그름을 따지지만
내가 있는 곳에는 오직 진실만 있습니다.
그대들 인간 세상의 많은 사람들은
살인자가 다시 태어나면 전생의 폭력을 보상하기 위해서
어떤 징벌을 받을까에 흥미를 가지고 있습니다.
그러나 그대들은 판결을 내릴 수 없습니다.
그대들은 그저 축복하고, 기도하고,
그리고 가슴을 열고 신뢰하기만 하면 됩니다. 🦋

결국에는 모두가 하나의 영혼이 된다면,
저도 히틀러와 더불어 하나의 영혼이 된다는 뜻인가요?

사랑하는 이여,
그대들과 히틀러가 기꺼이 하나가 될 준비가 되었을 때,
그때 모든 증오가 신성한 빛과 진리로 변할 것입니다. 🦋

그대들의 세계는
신적인 빛이 굴절된 곳입니다.

그렇다고 해도 신적인 빛은 그대들의 세계에 분명히 있습니다.
그렇지 않다면 그대들의 세계가 존재하지도 않겠지요. 🌹

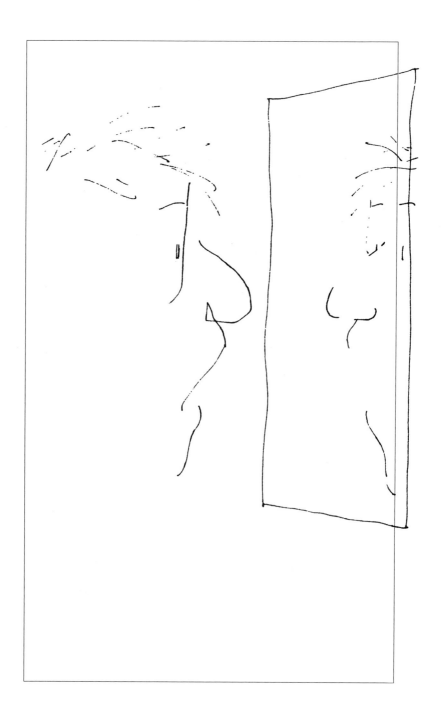

7
불완전함과의 만남:
두려움, 의심, 그리고
다른 걸림돌들

현재 상태의 그대들은 완전히 불완전합니다. ✿

그대들의 진화가 덜 된 부분들도 존재할 권리가 있습니다.
그 부분들은 지나간 일들을 속삭여 줍니다.
혼란과 실패,
그리고 신으로부터 분리된 고통과
다시 하나인 상태로 돌아가려는
그대들의 갈망을 속삭여 줍니다.

그대들의 세상에는 오직
상대적인 완전함만이 존재한다는 사실을
알아차리기 바랍니다.
또한 완전해야만 사랑받을 수 있는 것이 아니라는 점도
알아차리기 바랍니다.
서로 불완전한 상태로
부드럽고 완전하게 사랑하십시오.
그대 자신의 불완전함에 대해 너그러워지세요.
육체 차원에서 완전함을 요구하는 것은
그대의 최악의 적이 될 수 있습니다.

완전함을 고집하는 것은 성장을 방해합니다.
불완전함을 인간다움의 일부로 받아들이면
성장의 싹이 자라 나오기 시작합니다.
그대가 불완전하다고 생각하는
그대의 일부를 사랑할 수 있을 때
변형이 일어나기 시작할 수 있습니다.

그대가 불완전하다고 판단하여
그 부분을 가슴 밖으로 내동댕이치면
그것은 딱딱한 껍질이 되어 빛을 차단할 것입니다.

그대가 만약 그대의 불완전한 인간성을 부정한다면
부정의 늪에 깊이 빠지게 될 것입니다.
그대가 있는 그대로를 받아들일 때
얽매임에서 풀려나 자유로워집니다.
거부하는 것으로 풀려나지는 못합니다.
사랑을 통해서만 풀려날 수 있습니다.

빛을 추구하는 것은 아름다운 신의 부르심입니다.
하지만 어둠을 인지하기 전에는
빛을 발견할 수 없습니다.
완전한 갈망으로 분투하는 영혼은
그가 불완전한 인간의 형태로 존재하고 있을지라도
완전함에 가까이 다가간 것입니다.
현재의 그대는 미래의 그대가 되기 위해
필요한 단계이며,
영원히 그렇게 나아갈 것입니다.

그대가 불완전하더라도 편안한 마음을 가지십시오.
그러나 불완전한 상태를 만족스럽게 여기지는 마십시오.

누가 완전함을 요구합니까?
오직 인간의 형체 속에 갇혀 있는 영혼들만이
어떻게든 완전해질 필요가 있다고 믿습니다.
그러나 그렇지 않습니다.
필요한 것은 진심과 열린 가슴입니다.
진심과 열린 가슴,
그리고 그것에 대한 순수한 갈망이 곧
필요한 완전함입니다.

우주의 완전함이
그대들 인간 세계의 불완전함을
감싸고 있는 실재입니다. ❁

마치 자애로운 엄마가
혼란스럽고 겁에 질린 아이가 왜 그러는지를 이해하듯이
그대의 부정적인 느낌들을 이해하는 눈으로 바라보십시오.

어려움을 겪으면서도
내면에 신을 부정하는 마음이 없을 때,
그때는 그대들 인생에서 가장 복된 시간이 될 겁니다.
하지만 그 이전에는 어둠 속에 놓여 있는
그대 자신의 일부분을 부정하지 마십시오.

그렇지 않으면 그것은 다시 나타날 것입니다.

잘못된 판단을 하고, 적절치 못한 시간에,
바르지 않은 생각을 품고, 그릇된 행동을 했다는 것을
알아차릴 때가 있습니다.
그리고 자신에게 복수심, 분노, 원한 등이 있음을
알아차릴 때가 있습니다.
그럴 때야말로 스스로 축하를 할 시간입니다.
그런 것을 알아차리게 만든 새로운 통찰력이
그대로 하여금 훨씬 더 자각하면서
그 문제들을 처리하도록 할 것이기 때문이죠.
그런 순간은 기회입니다.
문이 열린 것이고, 불이 켜진 것입니다.

이런 알아차림으로 그대는 자신에게
성장과 변화의 시작이라는 선물을 하는 것입니다.
어둠 속에서는 아무것도 볼 수 없습니다.
그러므로 자기 자신을 비판하지 마십시오.

그대 내면에서 빛을 발견하면
그대 자신은 항상
지혜의 한가운데에 있었음을 알게 될 겁니다.
자신에게 경솔함, 혼란, 분노, 갈망, 왜곡 등이
있음에도 불구하고
자기가 진정 누구인가를 탐침하듯이 깊이깊이 탐구하면
살아 있는 참된 신을 만나게 될 것입니다.
그러면 이렇게 말할 것입니다.
"나는 평생 당신을 알고 있었고
당신을 여러 가지 이름으로 불렀습니다.
어머니라고 부르기도 하고,
아버지라고 부르기도 하고,
자식이라고 부르기도 하고,
사랑하는 이라고 부르기도 했습니다.
해와 꽃이라고 부르기도 하고,
나의 가슴이라고 부르기도 했습니다.
그러나 이제 비로소 처음으로 당신을
나 자신이라고 부르게 되었습니다."

어떻게 하면 나 자신을 용서할 수 있을까요?

어떻게 지금 상태의 자기를
스스로 용서할 수가 없죠?

내면에 존재하는 신을 발견하기 위해서는
지금 그대가 하고 있는 것처럼
자기 용납의 관문을 통과해야만 합니다.
그대가 스스로 진저리를 내는
온갖 결점과 불완전함,
이런저런 온갖 비밀, 걱정스러운 추악함 등이
그대에게 있다는 것은 이미 다 드러났습니다.
그대가 그런 것은 신의 계획입니다.

참다운 자기 용납은 이렇게 말합니다.
"그래 괜찮아, 괜찮아, 모두 다 괜찮아."

있는 그대로의 자신을 용납하면
자신을 용서할 필요도 없어집니다.

부끄럽거나 후회되는 일은 어떻게 해야 하죠?

진실한 마음으로 뉘우치면 됩니다.
진실한 뉘우침은 가슴에서 우러나오며
죄책감을 빠르게 씻어 줍니다.

자신의 행위에 책임을 져야 합니다.
책임감과 죄책감은 다릅니다.
죄책감은 부정적이고 비실제적입니다.
책임감은 보다 성숙한 태도이고,
그대를 어두운 숲속에서 데리고 나와
빛으로 인도할 것입니다.

다른 사람의 고통이
그대 자신의 불완전함 때문이라는 느낌은
그대의 세상을 죄책감으로 물들입니다.

죄책감은 가장 파괴적이고, 가장 무익하며,
가장 침체된 에너지입니다.
그것은 아무것도 아니면서
모든 것을 정지시켜 끈적거리게 하죠.
죄책감이 있으면
어찌할 바 모르겠다는 막막함,
질식할 것 같은 숨 막힘,

그리고 고독함을 느끼게 됩니다.
그 상태에서는 모든 것이 불투명하고
탈출구가 없는 듯이 보이죠.

내면의 신적인 빛과
신과 하나되고자 하는 영혼의 갈망을
부정하고 무시하는 것이
죄책감이 들도록 만드는 원인입니다.
그것은 영혼의 자기 배신이지요.

신은 징벌을 가하지 않습니다.
우주도 그렇습니다.
그런데 그대들은 신이 찾아오기도 전에
스스로 징벌을 가하는 것이
더 낫다고 여기는 것 같습니다.

어떻게 하면 자존심을 극복할 수 있을까요?

극복하려고 하지 마십시오.
자존심은 그대의 적이 아닙니다.
그것은 그대의 환영의 일부분일 뿐입니다.

자존심을 느끼는 사람은
이미 굴욕감을 느껴본 사람입니다.

자존심을 어린아이의 칭얼거림 정도로 받아들이고
자존심의 벽을 세우게 만든
과거의 고통 속으로 들어가 보십시오.
거기서 그대는, 살아남기 위해서
자존심이라는 갑옷을 걸쳐 입었던
지극히 아름다운 개화된 의식을 발견하게 될 것입니다.

특별함은 그대를 다른 사람들로부터 분리시킵니다.

반면에 독특함은 그대로 하여금
동료 인간들과 섞여 어우러지면서도
다른 누구도 할 수 없는 기여를 하게 합니다.

더 높이 쌓으려고 하지 말고
같은 평면 위에서 인간으로서의 경험을 해 나가십시오.
그러면 그대는 자신과의 사랑에 빠질 것입니다. ✿

허영심은 자아와 즐거운 관계를
맺고 싶다는 욕구가 표현된 것입니다.
인내하며 부드럽게 허영심을 대하십시오.
자신을 칭찬하는 것은 지극히 당연합니다.
하지만 좀 더 깊이 들어가 보십시오.
그러면 자신을 안전하게 지키려고 뒤집어 쓴
껍질을 발견하게 될 것입니다.

허영심 아래에 함정이 있다는 것을
그대들도 잘 알 것입니다.
나는 그대들이
허영심 아래에 함정이 있다는 것을 되새기고
거기서 빠져나와 자유롭게 될 수 있도록
이 점을 지적하는 것입니다.

겉으로 드러난 자신의 모습을 사랑하는 것이
헛된 것임을 느끼게 되면
여러 가지 회의가 일어날 것입니다.
진정한 나 자신을
한 번이라도 있는 그대로 드러낸 적이 있던가?
늘 가면을 쓴 나의 모습만 내보인 것이 아닌가?
보여 주기 위한 삶을 산 것은 아닌가?

이런 질문을 통해
허영심이 함정이었음을 깨닫게 되면
허영심은 자신의 목적을 성취하는 데
더 이상 도움이 되지 않음을 알고
그걸 버리는 길을 가기 시작할 것입니다.
그러나 결코 허영심의 가치를 의심하지는 마십시오.
그것은 그대가 진정으로 찾는 것이
잘못 이해된 것일 뿐입니다.
그러나 허영심이 있음을 자각하게 되면
그것과 싸우지 말고,
그냥 그대의 세계 속에 있는 그대의 모습을 둘러보십시오.
자기를 과장하지 않아도 아무 문제없지 않습니까?

분노에 대해 말씀해 주세요.
분노는 영적인 퇴보일 텐데요
그것을 다룰 수 있는 실제적인 방법이 있을까요?

우선 분노를 영적인 퇴보라고 부르지 마십시오.
그대가 무엇을 자발적으로 느낄 수 있는 것은
그것 자체가 기쁨이고 멋진 선물입니다.
얼마나 많은 사람들이
통제력을 유지하기 위해서는
가장 강렬한 감정까지도
사고력으로 억제해야만 한다고 믿고 있는지 아십니까?

그대의 자발성을 축하하십시오.
분노는 영적인 퇴보가 아닙니다.
그대의 분노가 화산처럼 폭발한다면
그것은 그대가 화산처럼 강렬하게 가슴을 열고
그대에게 말씀하시는 신의 목소리를
들을 수 있다는 징표입니다.

분노는
일종의 보호 장치입니다.

그대의 분노를 체험하십시오.
그것으로 충분합니다.

그 이상은 아무것도 할 것이 없습니다.

분노 아래에는
늘 두려움이 있습니다.
그리고 두려움 아래에는
고향을 그리워하는
영혼의 갈망이 항상 있습니다.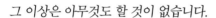

두려움은
카르마 상황을 떠받치고 있는
중요한 주춧돌 가운데 하나입니다.
두려움은
영원한 사랑에 대한 불신입니다.

두려움은 자신에 대한 불신입니다.
두려움은 진리와 빛과 사랑이 심하게 왜곡된 것입니다.
그대들의 세상은 정확히,
진리와 빛과 사랑이 심하게 왜곡되어 있는 세상이고
그것을 치유하는 일에 참여하고 있는 중이죠.

두려움은
의식의 어두운 구석에서
빠른 속도로 자라나는 독버섯입니다.
그것은 신의 말씀과 신의 빛을 차단하는
가장 굳게 닫힌 문입니다.

두려움은
그 문을 지키고 있는 용입니다.
두려움은
빛을 인정하지 않고,
빛을 인정하지 않는 것은
신에 대한 저항입니다.
두려움은
신에게서 그대를 분리시키는 거짓입니다.

우리가 실제로 두려워하는 것은 무엇일까요?

그대는 창피당하는 것을 두려워합니다.

그대는 잘못될까 봐 두려워합니다.

그대는 그대가 아는 것을 삶에 적용하면
그대의 인간으로서의 삶이 해체될까 봐 두려워합니다.

그대는 진실을 신뢰하는 것을 두려워합니다.

그대는 불완전한 세상에서 사랑하는 것을 두려워합니다. ❀

두려움은 기도와 명상,
그리고 명료한 생각으로 누그러뜨릴 수 있습니다.
마치 부모가 아이의 터무니없는 말이나 행동을 받아 주듯이
그대의 무지한 부분, 마음에 내키지 않는 부분을
수용하려고 노력하십시오.
그런 어둠이 무엇을 말하고 있는지
이해하려고 노력하십시오.
자신의 잘못된 사고 과정을
자신의 일부로 받아들임으로써
그것들과 한 지붕 밑에 살면서
빛으로 변화시킬 수 있습니다.

그대의 두려움이 하는 말을
지혜로운 귀로 귀 기울여 들으십시오.
삶에서 무엇이 두렵습니까?
그대 자신 속의 무엇이 두렵습니까?
두려움과 맞서서
그것이 진정으로 의미하는 바가 무엇인지
물어보아야만 합니다.

두 눈 똑바로 뜨고, 가슴을 열고,
자유롭게 솟아나는 용기를 갖고 두려움 속으로 들어가면
그것이 실제로는
텅 빈 방에 불과하다는 것을 알게 될 것입니다.

두려움은 피하려고 하면 할수록 그만큼 강해집니다.
두려움을 수용하고 받아들여야 합니다.
두려움을 마주하는 것을 꺼리면 꺼릴수록
그대는 두려움에 더 큰 힘을 부여하게 됩니다.

두려움은 막연한 것입니다.
두려움은 상상입니다.
두려움은 실재가 아닙니다.

우주에서, 두려워해야 할 것은 아무것도 없습니다.
죽음조차도 우주의 기본적인 진리로써
그대들의 특정한 발전 단계에서 꼭 필요한 것이며
두려워할 이유가 전혀 없는 것입니다.

영원한 신의 실재 안에서,
그의 영원한 현존 안에서 쉼을 얻으십시오.
그리고 지상의 그 어떤 것보다도
훨씬 더 깊은 계획,
훨씬 더 지혜로운 의식,
훨씬 더 강한 사랑의 가슴이 있음을 아십시오.
나는 그대들이 영원히 안전하다는 것을 알아차리기 바라면서
그대들을 축복합니다.

그 알아차림은
두려움을 무너뜨리는 것이 아니라
그 본질을 알고
두려움의 힘이 사랑의 힘보다 약하다는 사실을
깨우치는 것입니다.

두려움은 일종의 착각, 사기꾼, 교묘한 속임수입니다.
그것은 환영입니다.
그대들의 세계에서는 이 마술의 대가들이
서로 뽐내며 눈속임 마술을 펼치고 있습니다.
그들의 소매를 들춰 보십시오.
그들의 등 뒤를 살펴보고,
탁자 밑까지 샅샅이 조사해 보십시오.
마술사가 누구인지 그 정체를 파헤쳐 내십시오.
두려움이라는 마술사는 사기꾼입니다. 🍀

두려움이란
거울을 들여다보면서
괜히 혼자 이렇게 저렇게
얼굴을 찌푸리는 것에 지나지 않습니다. 🌼

막연한 것에 대한 두려움은
망각에서 비롯됩니다.
영혼에게는 막연한 것이 없습니다.
자기 자신의 신성을 기억해 내지 못할 때
자연히 두려움과 저항이 생기는 거죠.

그대는 안전합니다. 안전합니다.
그대는 지극히 안전합니다.
사랑하는 이들이여,
내가 할 수만 있다면
그대들에게 우주의 사랑스럽고 온화한 친절,
균형, 아름다움, 달콤함, 그리고 기쁨을
체험하게 해 주고 싶습니다.
그러면 그대들의 일생 동안
두려운 순간이 결코 없을 것입니다.
이것은 사실입니다. 🌼

에덴동산의 뱀은
성적인 유혹이 아니라
의심입니다.

그대는 물질적인 실재 안에서 활동하고 있는
영적인 존재라는 사실을 의심합니까?
물론 의심이 들겠지요.
그러나 나는 그대들에게
이런 의심이 일반적인 오해란 것을
확실하게 알려 주고 싶습니다.

사람들은 종종 육체의 답답한 압력 때문에
자기가 무가치하고 속박되어 있다고 느낍니다.
희망이 없는 하찮은 존재라는 느낌을 받기도 합니다.
그러나 그대들의 물질적인 구조물 속에서
위대한 진보가 이루어질 수 있습니다.
물질계에서 영적인 진보를 이루는 것,
이것이 환생의 목적입니다. 🌸

물질적인 몸이 있는 한
의심하게 되어 있습니다.
그대가 의심한다고 해서
스스로를 경멸하지 마십시오.
의심하는 것이 인간이 처한 상황입니다.
더 이상 의심이 일어나지 않는다면
인간이 될 필요도 없습니다.

그대의 내딛는 모든 발걸음이
한 치의 실수도 없이
그대의 목적지에 이르는 완벽한 길로
인도되고 있음을 아십시오.
그대가 샛길로 빠졌다고 생각하는 길도
결코 샛길이 아닙니다.
그 길은 모든 가능한 길 중에서 최상의 길입니다.
의심의 동굴 속으로 들어가야만
진리와 빛을 발견할 수 있습니다.

영혼이 진화하고 확장하는 과정에서
발걸음을 크게 내디딜 때마다
강한 불안감에 휩싸이는 순간을 만날 것입니다.
비유를 하나 들어 보겠습니다.

사다리를 타고 올라가려면
한쪽 발은 사다리를 딛고 있고
한쪽 발은 사다리에서 떼는 과정을
반복해서 거쳐야 하죠.
한쪽 발을 사다리에서 떼었을 때,
잠깐 동안 그 발은 허공에 떠 있겠지요.
그때 허공에 떠 있는 발에 의식을 집중한다면
사다리를 헛디디면 죽을 수도 있다는 생각에 사로잡히겠죠.
아마 진정한 공포를 체험하게 될 것입니다.
그러나 그대의 두 손은 사다리를 꽉 잡고 있고
다른 한쪽 발은 사다리를 단단히 딛고 있음을
알지 못하기 때문에 공포에 휩싸이는 것이겠지요.

집착에서 벗어나는 방법에 대해 말씀해 주세요.

무엇에 집착하느냐에 따라 다릅니다.
만약 집착이 그대를 제한하지만 않는다면
집착 자체는 잘못된 것이 없습니다.

부정적인 의미에서의 집착은
그대 자신을 물질적인 실체 차원과 동일 선상에 놓고
"이곳이 안전한 곳이다.
여기가 내가 힘을 발휘할 수 있는 곳이다.
여기가 내가 머무를 곳이다"라고 말하는 것입니다.

물론 물질적인 것들도 아름다울 수 있습니다.
아름다운 것은 기쁨을 주죠.
그런데 기쁨은 물질적인 대상이 아니라
그것에 대한 그대의 감상에서 일어나는 것입니다.
무엇이 됐든 그대에게 기쁨과 즐거움을 배울 수 있게 하는 것은
가치가 있습니다.

무관심한 초연함이 그대들 세계의 질서였다면
그대들의 그 물질적인 교실에서
조화와 전체성이 제거되었을 겁니다.
그러면 서로 하나되어 전체성을 이루는 것을
어떻게 배울 수 있겠습니까?

서로 하나되는 법을 연습할 필요가 있습니다.
그러나 자기가 배우기를 바라는 합일에 필요한 집착을
회피하거나 방해한다면
어떻게 하나됨을 이해할 수 있겠습니까?
손을 내밀어 잡으려고 하지 않거나,
하나됨을 갈망하지 않거나,
서로를 필요로 하지 않는다면
인간 사회도 존재하지 않았을 것입니다.

영의 세계에 있는 우리가
아주 사랑스럽게 그리는 꿈 가운데 하나는
모든 영혼이, 모든 가슴이,
손에 손을 맞잡고
서로가 서로를 어루만져 주는 장면입니다.
그때가 되면 무관심한 초연함은 없고
찬연한 빛만 있을 것입니다.

단지 격려의 한마디를 더해 주는 것,
이것이 그곳으로 가는 첫걸음입니다.

고통스러운 상황을 체험할 때
어떻게 하면 마음이 괴로운 것을 피할 수 있습니까?

그것을 징벌이 아닌 가르침으로 보면 됩니다.

친구 여러분, 삶을 신뢰하십시오.
그대들의 삶이 아무리 곁길로
멀리 벗어난 것처럼 보일지라도
그 여행은 꼭 필요한 것이랍니다.

그대들은 그대들이 지나온 경험의 대지(大地)에서
어디에 진실이 있고
어디에 왜곡이 있는지를 확인하기 위해서
그 드넓은 대지를 가로질러 여기까지 왔습니다.
이제 그대들은 맑고 더 지혜로워져서
그대들 영혼의 자아,
그대들의 고향으로 돌아가게 될 것입니다.

살아가면서 이런저런 목표가 생길지라도
삶의 마지막 목적은 늘
참 자아, 신과 하나되는
영혼의 길을 가는 것이어야 합니다.

편안한 마음으로
빛 속에서 삶의 여행을 하며,
그대가 경험하는 모든 것은
필요해서 나타나는 것임을 신뢰하십시오.
어떤 식으로든 그대의 영혼을 위협하는 것은
그대의 삶에 들어오지 않을 것입니다.
실제로, 삶의 모든 경험은
그대의 깨우침을 향상시킵니다.
영혼의 성장 과정에 도움이 되지 않는 것은 없습니다.

철저하게 신뢰하기 전까지는 늘
무언가 더 해야 될 것이 남아 있는 것 같은
미진한 느낌이 있을 것입니다.
기쁨에 넘치는 성취의 순간에도
무언가 더 채워야 할 것 같은 느낌을 지울 수 없을 것입니다.
이런 소리가 들리는 것 같겠죠.
"아! 너는 이걸 잊었어.
결국 너는 불완전한 거야."
이럴 때는 정말
하늘이 무너져 내리는 것 같겠죠.

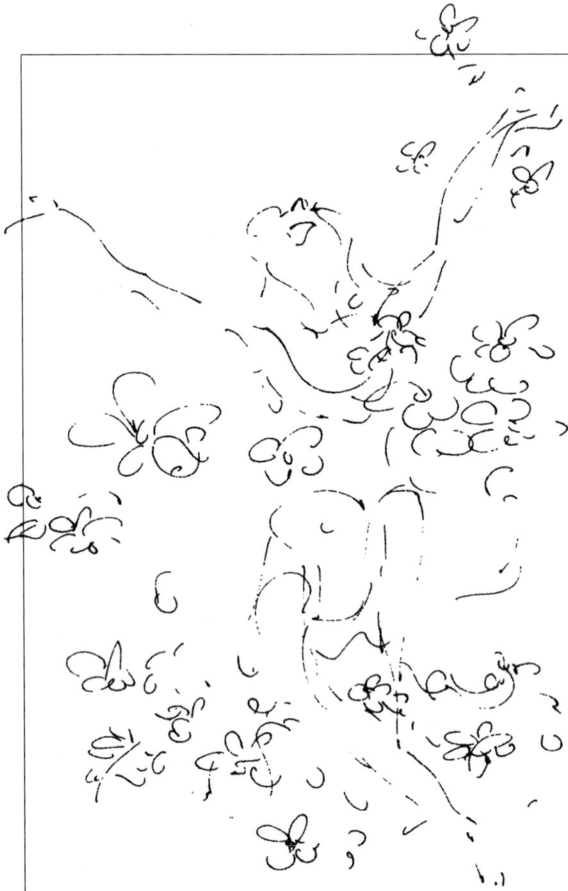

8
생명의 축제:
창조, 기쁨, 풍요, 성취

그대 내면에서
신이 일어나는 것,
그것이 기쁨입니다.
신은 그대 내면에서 춤을 추며
싱그러운 미소를 짓습니다. ❀

그대가 기쁨 속에 있을 때
그대는 신을 찬양하는 것이며
생명의 축제를 벌이는 것입니다.

즐거움보다 더 중요한 것이 있다고 하여
즐거움을 폄하하면 안 됩니다.
물론 더 중요한 것이 있습니다.
무한히 있죠.
그러하기에 추구하고, 봉사하고, 사랑하는
성장 과정은 결코 끝이 없습니다.
육체 차원에서 기쁘고 즐겁다면
영 차원에서도 기쁘고 즐거워합니다.
두 세계의 기쁨과 즐거움은 하나입니다.
그러하기에 그대의 인간적인 기쁨이
그대의 신에 대한 사랑을 앗아 가지 않을 겁니다.
사랑은 사랑입니다.
인간적인 축복을 편안한 마음으로 받아들여 즐기지 못하면서
어떻게 영원한 하나인 상태의 축복을 감당할 수 있겠습니까?

그대가 만약 바위의 의식을 들여다볼 수 있다면
거기에 엄청난 기쁨이 있음을 알게 될 것입니다.
바위가 되어, 그 안에서 편안함과 즐거움에 잠겨 있는
하나인 상태의 느낌을 발견하게 될 것입니다.
바위는 존재의 흐름 속에서
황홀경에 빠져 있는 것입니다.

황홀경은 수준과 등급을 매겨 평가할 수 없습니다.
황홀경은 그저 황홀경입니다. ✳

그대들은 왜 그렇게
기쁨과 사랑스러움을 미심쩍어하나요?
이들 또한 신의 세계 아닌가요?
기쁨은 삶의 자연스러운 일부분입니다.

사람들은 너무 서두르고 밀어붙이는 경향이 있지요.
그래서 삶에 맛을 더해 주는
미묘한 즐거움을 즐길 겨를이 없죠.
그 결과 수많은 즐거움과 감미로움이
알아차리지 못하는 사이에 은밀히 지나가 버리고 말았습니다.
관심을 갖고 주의를 기울이며 산다면
그대들이 바라는,
삶에 필요한 것들과 풍요로움을 얻을 수 있을 것입니다.
충실하게 살겠다는 각오를 늘 새롭게 하고
하루에도 몇 번씩 그 다짐을 상기하십시오.

무기력해지는 것이
따뜻하고 부드러운 것만 찾기 때문이라고 생각합니까?
외부 현실이 꼭 모질고 혹독해야만
신을 상기할 수 있다는 것입니까?
그대가 발견한 아름다움을 신뢰할 수 없다면
어떻게 영원한 아름다움인 신과의 합일을 향해
그대의 가슴을 열 수 있겠습니까?

저마다의 영혼들이 내면에서 갈망하는 것은
영원한 의식을, 심각하게 숙고하기보다는
부드러운 웃음으로
마음속으로 그려 보길 원한다고 하는 것이
더 적절하지 않을까요?

지속적으로 기쁨과 연결되지 않는다면
삶은 무겁고 지루할 뿐이겠지요.
아무리 진지한 척해도 소용이 없습니다.
그대들은 웃을 필요가 있습니다.
그대들은 각자 자기 방식으로 놀 줄 알아야 합니다.

자발적으로 행동하고 즐거워한다는 면에서는
어린애 같은 모습과 신성은 같습니다.
바보스럽고, 즐거워하며, 춤추고, 사랑하고,
포기하고, 내던지며, 가볍게 행동하는 것조차
고동치며 성장하고 있는
인간 존재의 한 부분입니다.
이 모두가 그대들의 세상에 주어진 축복입니다.

신은 고통과 괴로움을 디자인하지 않습니다.
저항이 고통과 괴로움을 만든 것입니다.
평화, 기쁨, 건강 그리고 풍요로움의 빛을
세상에 비추고자 하는 것이 신의 뜻입니다.
신은 그대들의 세상이
일시적으로 머무는 곳임을 잘 알고 있습니다. ✻

기쁨은 배움입니다.
기쁨은 고통 없이 경험하는 체험입니다.

일단 그대들이
의식적인 존재로 영원히 존재하며
우리가 있는 영의 세계와 신이 존재한다는 사실을
의심 없이 받아들이면
그대들 삶의 외부 상황이
눈에 띠게 밝고 가벼워질 것입니다.
그대들은 그대들의 삶에 어떤 어둠이나 왜곡도
만들거나 불러들이지 않을 겁니다.
이 말은 그대들의 지구에
"에덴동산"이라고 부르는 곳이 생긴다는 것이 아니라,
그대들이 일어나는 모든 일의 참된 의미를
깨우치게 될 것이라는 뜻입니다.

그대들이 물질적인 몸 안에 거주하는 한
물질세계의 지배를 받겠지만
체험은 완전히 달라질 것입니다.
어떠한 고통도 없을 것입니다.
적당히 참으라는 뜻이 아닙니다.
"그래, 나는 영원하다는 것을 알았어.
그러니 이런 고통쯤이야 아무것도 아니지"라고
말하라는 것이 아닙니다.
정말 그건 아닙니다.
나는 상징적이거나 개념적인 고통뿐만 아니라
실제 고통을 체험하지 않을 거라고 말하는 것입니다.
그럴듯하게 꾸며서 이렇게 말하는 것이 아닙니다.
그렇게 말하고 싶어 한다면 그건 함정입니다.
나는 진리 안에 완전히 녹아든 상태에서 말하고 있습니다.

그대들은
옛날부터 사람들이 고통과 기쁨에 대해서 말하는 것,
그 망원경을 통해서 고통과 기쁨을 보기 때문에
고통을 거부하지 않아도
고통이 기쁨이라는 실체 속으로 녹아 사라지는
기쁨의 상태에 그대들이 있을 수 있음을
그렇게 믿기 어려워하는 것입니다.
기쁨은 정말로 고통이라는 존재 자체를 변화시킵니다. ✿

마음속으로 생생하게 무언가를 그리는 심상이
얼마나 큰 힘을 지니고 있는지 알 필요가 있습니다.

심상으로 그리는 것은 영적인 실체입니다.
그대들의 세계에 존재하는 모든 것은
그대들의 세계에 나타나기 전에 영 안에 있던 것입니다.
구상(構想)이 먼저 있고
그 다음에 보다 밀도가 높은
물질적인 것들이 뒤따라옵니다.

그대들의 선입견에 도전해 깊이 생각해 보면
그대들의 선입견이 잘못된 생각이었음을 알 것입니다.
그러면 그대들의 알아차림의 폭도 넓어지죠.
예를 들어서, 벽이 더 이상 벽에 그치지 않고
움직이며 진동하는 의식의 파편으로 보일 겁니다.

무엇이든지 심상으로 생생하게 그리면
그대들의 세계에 물질적인 실체로 나타납니다.

182

내 삶이 어떻게 되기를
선택할 여지가 없다는 느낌이 들면
즉시 모든 것을 중지하길 강력히 권합니다.
이런 태도는 자기 삶에서 일어나는 것에 대한
책임 회피이며 삶의 기쁨을 누리지 못하게 하는
스스로를 속이는 속임수입니다.

그 대신 자신이 진정으로 원하는 것을
마음속으로 그려 보십시오.
그리고 어떻게 되나 보세요.
하지만 친구 여러분, 조심해야 합니다.
그대들이 그냥 별생각 없이
무엇인가를 마음속으로 생생하게 상상하고 확신을 갖는다면
그것이 그대들이 진짜로 원하는 것이 아닐지라도
그것은 그대들이 상상한 대로 나타날 것입니다.
이건 마법도 아니고 부질없는 희망도 아닙니다.
이것은 그대들이 지니고 있는
창조적인 추진력의 진실입니다.
그러므로 그대들이 선택하지 않은 것이
그대들의 삶에 들어오지 않게 할 수 있는
자신의 깊은 능력에 대한
자각을 계발하는 것이 중요한 이유입니다.

그대의 인생은 그대가 디자인한 것입니다.
그대는 그대의 외부 현실에
그대에게 낯선 것은 아무것도 창조해 놓지 않았습니다.
그대들은 자신의 영혼이 진정으로 믿은 것이
외부 환경에 나타나는 것을 보면서
형용할 수 없는 기쁨을 느끼게 될 것입니다.

그대가 처해 있는 물질세계를 하나의 상징으로 여기고,
그대의 몸을 그대의 영혼이 확장된 것으로 보십시오.
그대가 '있으라'라고 말함으로써 나타난 것으로 보십시오.

그대의 삶은 그대의 주인이 아니라
그대의 자녀입니다. ✺

그대의 창조의 기쁨이
인간 차원에만
국한되어서는 안 됩니다.

예를 들어 그대들은
그대들 세계에 있는 어떤 것을 이용해서
그대들이 생각하는 그 무엇을 만들어 낼 때 대단히 기뻐하죠.
그렇다면 다른 것을 이용하지 않고
순전히 자신의 의식으로부터
아름다운 꽃 한 송이를 창조해 낸다면
얼마나 더 기쁘겠습니까.
창조한 것이 고양이든 덩치 큰 코끼리든
참으로 즐겁지 않겠습니까.
나는 지금 공상에 빠져 있는 것이 아닙니다.
나는 의식이 탐험을 하기 위해서
자신의 자아를 창조하는 방식을 설명하고 있는 것입니다.
우주의 의식 속에
자신을 꽃으로 경험하고 싶은 성향이 발현하면
꽃 한 송이가 서서히 개화되어 나옵니다.

인간 차원에 있는 그대들은
이걸 이해하기가 어려울 것입니다.
그대들이 인간성을 넘어서는 의식을 지니고 있다면
왜 아직도 수준이 "낮은" 현재의 자기 모습을

창조하고 있는지 이해하기가 쉽지 않겠죠.
자, 이쯤 하겠습니다.
나머지는 여러분의 상상에 맡기겠습니다. ❀

믿기만 한다면
그대들은 그대들을 위한
축복의 정원을 창조할 수 있습니다.
그리고 그대들이 필요하다고 믿는다면
참을 수 없는 고통도 창조할 수가 있습니다.

고통을 창조한다는 것은 생각이 없는 짓입니다.
그대들 가운데 고통받기를 원하는 사람은 아무도 없겠죠.
하지만 삶에는 고통이 따른다는 믿음이
세대에서 세대를 거치면서 지속적으로 이어져 왔습니다.
그대들 집안의 가장 나이 많은 어른에게
대대로 어떤 믿음을 갖고 살아왔는지 물어보는 것도
재미있을 것 같습니다.
그대들은 어떤 믿음을 갖고 살고 있습니까?
이런 것을 살펴보는 것이
이해의 빛을 밝혀 줄 것입니다.

물질적인 것을 위해 일하는 것이
영적인 목표를 성취하는 데 방해가 되나요?

물질을 물질화된 의식으로 본다면
방해가 되지 않습니다.
물질세계에 있는 동안에는
음식을 먹어야 하고 옷을 입어야 합니다.
편안하게 쉴 수 있는 아늑한 집도 있어야 합니다.

이런 것들은 자기를 사랑하기 위해 필요한 장비입니다.
진정으로 자기를 사랑한다면
이런 것들을 부정하거나 거부하지 않을 것입니다.
자기애는 주기 위해서 뿐만 아니라
받기 위해서도 손을 벌릴 것입니다.
그대들이 받는 것은
다른 누군가의 것을 뺏는 것이 아닙니다.
그대들의 우주는 모든 사람에게 모든 것을
충분히 주고도 남을 정도로 무한합니다.

우주의 이 관대한 베풂을 어떻게 하면 받을 수 있을까요?
무엇을 해야 풍요로움을 누릴 수 있을까요?
그건 어려운 문제가 아니라고 생각하나요?
기다리며 지켜보세요.

그대들이 받는 기술을 터득할 때까지
그때가 되기 전까지는 필요한 물질적인 것들을
스스로 마련해야 할 것입니다.

돈에 대한 죄의식을 벗어 버리고
돈을 신성한 우주의 한 부분으로,
그대들 세상의 눈에 보이는 실체로 받아들인다면
돈이 더도 덜도 아닌,
그대들이 돈에 의미를 부여하는 꼭 그만큼
힘을 발휘한다는 것을 알게 될 것입니다.
돈은 필요합니다.
그런데 그대들은 모두
돈에 대해서
지나치게 옥죄이는 느낌에서
벗어나지 못하고 있습니다.

지금 여기에서 기쁨을 발견해야 한다는 생각 때문에
"성공"을 바라지 않는 때가 가끔 있습니다.
나 자신을 위해서 무엇을 원하는 문제로
혼란스러울 때도 있습니다.
이 점에 대해서 어떻게 생각하시나요?

그것에 대해서는 꼭 하고 싶은 말이 있습니다.
영적인 수련을 하는 사람들 사이에
"모든 것을 얻기 위해서는
아무것도 원치 않는 경지에 도달해야 한다"는
잘못된 생각이 널리 퍼져 있지요.
문맥으로 볼 때
여기서 "원한다"는 말은 탐욕을 말하는 것으로 보입니다.

그러나 나는 그대들 세계의 풍요로움을
사랑으로 받아들여 그것을 음미하고자 하는 욕구가
뭐가 잘못되었다는 것인지를 도무지 모르겠습니다.

그대들 세계의 선물과
신의 사랑의 선물이 다르다고 믿을 때,
갈등은 오직 그때 있습니다.

에마누엘, 당신은 육체를 입고 있을 때
살기 위해서 무슨 일을 했나요?

나의 마지막 환생 때,
나는 그대들과 똑같은 사람이었습니다.
단, 한 가지 예외가 있었죠.
나는 한 조각의 죄의식이나 후회나 두려움이 없이
가슴을 따라 살았습니다.
나는 스승이 되었고,
사랑의 손길에 자신을 맡기고
그대들의 세계를 돌아다니며
할 수 있는 한 그 사랑을 돌려주었습니다.

이런 말도 전해 주고 싶네요.
나는 부유했습니다.
돈이나 재산이 많은 부자는 아니었지만
부유했습니다.
먹을 음식도 늘 충분히 있었고
편안한 잠자리가 없었던 적도 없었습니다.
나의 집이 있었고 나의 일이 있었습니다.
나는 이렇게 나만의 완전함을 갖추고 있었습니다. ❁

그대들 사랑스런 영혼들이여
에덴동산에서 왜 그렇게 살금살금
조심하며 돌아다닙니까.
그곳이 정당한 그대들의 집이라는 걸
모르시나요?

그대들은 완전히 성취했다는 생각이 들 때
어떤 두려움이 엄습해 오는 것을 느끼게 됩니다.
찾는 것 자체를 자신과 동일시하는 것이 지나친 나머지
찾게 되면 그게 일종의 위협이 되는 거죠.

자신의 참 자아를, 자신의 생명을, 자신의 빛을,
자신의 진리를, 그리고 자신의 신을
당당히 자기 권리로 요구하는 것이
인간의 온갖 체험 가운데 가장 어려운 일입니다.

그대가 길을 가는 도중에 만나는 모든 기회는
그대가 머무는 빛 안에 있습니다.

할 수 있는 한 많은 기쁨과 즐거움을 발견하십시오.
물론 그 과정에서 누구도 희생되어서는 안 됩니다.
그렇게 해서 얻은 즐거움은 즐거움이 아닙니다.
누구도 밀어내지 마십시오.
그렇게 하는 것은 고통이 됩니다.
그저 진정한 기쁨이 있는 곳으로 가십시오.
자기를 인지하는 기쁨, 자기를 사랑하는 기쁨,
친절과 자비로 타인을 대하는 기쁨.
이런 것이 참되고 영속적인 기쁨입니다.
육체적인 것도 즐거울 수 있습니다.
성적인 것도 즐거울 수 있습니다.
하지만 사랑이 있을 때 그러합니다.

환영에 대한 궁극적인 도전은 사랑입니다.
그러므로 자신을 사랑하십시오.
자신을 사랑하는 것처럼 이웃을 사랑하십시오.
(그대는 분명히 자신을 사랑하는 것 이상으로
이웃을 사랑하지 못할 것입니다.)
사랑은 사랑이기 때문입니다.
일단 사랑의 존재가 되면
그 사랑은 사방팔방으로 고루 퍼져 나갈 것입니다.

삶이 축제가 되게 하십시오.
그대가 어떤 상황에 있든지
즐거움이 그대의 삶에 들어오도록 하십시오.
그리고 즐거움이 어떤 은밀한 죄가 아니라
진리임을 아십시오.
그대가 환영의 맥락에서 즐거움을 판단한다면
즐거움을 잃을 것입니다.
그러면 이 교실에 더 오래 머무르게 되겠죠.
진실로 그렇습니다.
그대들도 알 것입니다.
괴로움은 빛과 하늘로 가는 길이 아니라는 것을.
빛과 하늘로 가는 길은 즐거움입니다.
거짓 즐거움이 아닌 참된 즐거움이 그 길입니다.
그대들은 모두
거짓 즐거움과 참된 즐거움이 다르다는 것을 알고 있습니다.
그대들은 모두
자기가 언제 실패하는지를 알고 있습니다.
그대들은 스스로 자신을 병들게 합니다.
바보같이 멍청한 짓을 하기도 합니다.
파괴적이 되기도 합니다.
그러고 나서 스스로 자신을 배신했다는 것을 압니다.

그대가 활짝 피어서 빛을 발하기 시작할 때,
행복감에 젖어서 춤을 추며 길을 걸을 때,
환영이 자신의 창조물이며
자신의 배움터임을 알 때,
그리고 언제라도 자신이 원하면
자기애적 행위를 통해
환영을 바꿀 수 있음을 알 때,
그때 그대는 자유입니다.
언제든 돌아갈 준비가 되었을 때
고향으로 돌아가는 길은 열리는 것이죠.

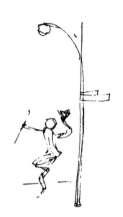

그대들은 그동안 많은 사람들에게
신이 존재한다는 절대적인 진리를 가르쳐 주었지요.
그대와 나 - 우리 모두 - 는
해야 할 일이 많습니다.
그러나 그것은 힘든 일이 아닙니다.
즐거운 일이지요.
힘들게 무엇을 하는 것을
고상한 것이라고 여기지 마십시오.
어렵다는 이유로
자기가 무슨 옳은 일을 하고 있다고 여기지 마십시오.

즐거움이 사라진 순간 멈춰서 물어보세요.
"내가 무엇을 잊은 거지?"
그대가 집중하여 진심으로 찾고자 한다면
그 대답은 이럴 것입니다.
"아, 내가 신이라는 사실을 잊었구나."
그러면 그대는 그 되살아난 기억을
그대의 인간 체험 속으로 되돌려 적용할 것이고
다시 춤을 추게 되겠죠.
그러면 영의 세계에 있는 우리도
그대와 함께 춤을 출 것입니다.

그러면 신의 구원 계획을 성취하는 사명을
아주 빨리 완수하게 될 것입니다.
왜냐하면 신은 사랑이며,
즐거움도 사랑이고, 기쁨도 사랑이고,
진리도 사랑이기 때문입니다.
그리고 모든 것은 빛이기 때문입니다.
그대들이 지금 내 말을 믿든지 안 믿든지 상관없이
그대들도 사실이 그러하다는 것을
언젠가는 알게 될 것입니다.
아주 짧은 시간 안에 그때가 올 것입니다.
그대들은 이번 생을 통과하면서 성장할 것이고,
세월이 지나면 죽게 될 것이기 때문입니다.

그대들에게 해 줄 수 있는
이보다 더 즐겁고 힘이 될 만한
이야기가 더는 생각이 나지 않습니다.
그대들이 이 환영 속에 계속 머문다면,
그대들이 비록 환영 속에 머무는 것을
진심으로 원하고 있다고 하더라도
나는 그대들이 얼마나 불행할 것인지에 대해서는
말할 수가 없군요.

그대가 사명을 완수할 때까지,
그대가 배워야 할 것을 다 배울 때까지
그대는 여기에 머물 것입니다.
그 이후, 우리는 모두
어떤 다른 차원에서
신의 이름으로 다시 창조하기 시작하겠죠.

그대들에게 신의 은총이 있길. ✻

9
여행:
진화, 환생, 카르마, 영원

어느 순간에라도 가슴을 열 수 있습니다.
어느 순간에라도 영혼의 의지로
카르마의 사슬을 완전히 끊어 버릴 수 있습니다. ✿

전 세계는 약간 뒤뚱거리기는 하지만
멋지게 회전하면서 공간을 질주하는 하나의 환영입니다.
그대들은 이 교실에 들어와서
공부하기로 약속한 좋은 학생입니다.
그대들은 그대들이 이루어야 할 것을 다 성취할 때까지
환영을 믿고, 이곳 환영 안에 머물기로 약속했답니다.
그 다음에 그대들은 환영에서 풀려날 것입니다.

이게 무슨 말일까요?
이것은 그대들이 다시 태어나기로 합의를 할 때
이렇게 말하며 계약서에 서명을 했다는 뜻입니다.
"예, 나는 이 게임에 참여하겠습니다.
그리고 모든 게임의 룰을 다 지키겠습니다."

게임의 룰은 지켜야 합니다.
만약 그대들이 선생은 가르치는 사람으로서
실제로 존재하는 것이고
칠판은 그 위에 가르쳐야 할 것을 적기 위해서
실제로 있는 것임을 믿기를 거부한다면,
인간이라는 육체의 교실에서조차
배우기가 얼마나 어려운지 알 필요가 있습니다.

사정이 그러하기에

나는 환영에서 벗어나려는 저항을 권장하기 위해서가 아니라,

환영 속에서 그대들이 하고 있는 것들이 가치가 있으며

환영 속에서 배우는 것이 그대들에게 필요하다는 점을

확신시켜 주기 위해서 여기 있는 것입니다.

그러나 모든 것은 역시 일시적인 환영일 뿐입니다.

그대들의 더 큰 부분은

이곳, 빛과 진리의 세계 속에 존재하고 있습니다.

그리고 그대들은 고향으로 돌아올 것입니다.

그대들은 언젠가 고향으로 돌아올 것입니다.

그것은 내가 약속합니다.

우리는 왜 이렇게 수없이 여러 번
인간의 형태로 오는 것인가요?

그대가 유한한 인간의 형태로 존재하는 것은
그대의 의식이 지금
유한한 형태 속에 있을 필요가 있음을 암시합니다.
그대들의 성장이 진행됨에 따라
우주적인 진리를 점점 더 많이 품을 수 있도록
시야가 확장될 것입니다.
그것들은 아직 발견되지 않았지만
지금 그대의 내면에 존재하고 있습니다.

실상을 보지 못하도록 드리워진 장막이
투명해질 때까지,
그 장막이 그대의 노력과 체험을 통해서
닳고 닳아 여기저기 터지고 구멍이 날 때까지,
그래서 그대가 찢어진 틈을 통해
속을 들여다볼 수 있을 때까지
윤회의 수레바퀴는
구르고 또 구를 것입니다.
장막이 닳아 없어져 실상을 보게 되면
그대는 더 이상 장막을 믿지 않겠죠.
그러면 한정되고 의심하는 마음이
가슴이 하는 일의 조력자가 될 것입니다.

자신의 정체를 찾는 모든 영혼이
다양한 형태의 혼란을 경험합니다.
자신의 정체에 대해 혼란을 겪는 그런 과정이
지독한 어둠의 지대를 통과하는 것처럼 보일지라도
그것은 빛이 환하게 밝혀져 있는 길입니다.

전체 여행의 목적은
진리를 발견하고,
진리를 섬기기 위해 준비가 더 잘된 상태가 되어,
더 지혜로워진 모습으로 진리로 돌아가서,
궁극적으로는 진리 자체가 되기 위함입니다.
몸을 입고 태어나는 것 자체는
다시 빛과 하나되고 싶어 하는
영혼의 갈망에 대한 자기 진술입니다.

자각이 깊어질수록
인과응보가 점점 더 신속하게 나타나고,
결국에는 원인과 결과의 균형을 잡는 과정이
즉각적으로 이루어지는 상태가 됩니다.
그러면 원인과 결과라는 인과응보 자체가
더 이상 존재하지 않고,
오직 진리만 남을 것입니다.

우리의 환생은 어떤 과정을 통해서 결정되나요?

한 영혼이 다시 인간이 되는 것을 숙고해 볼 수 있을 정도로
충분한 자각을 갖추게 되면, 많은 바퀴가 구르기 시작합니다.

다시 인간으로 태어나기 전에 영혼의 여러 가지 욕구와
소원이 심도 있게 탐구됩니다. 누가 탐구하냐구요?
영혼 그 자신과 교사들과 동료들, 그리고 그 시점에
육체를 입고 있지 않은 사랑하는 이들이 탐구합니다.

인간으로서의 삶의 목적이 배우고 성장하는 것이기 때문에,
그에 맞춰 위대한 창조의 힘이 영혼 설계도의 온갖 양식을
병합시켜서 한 인간의 출생에 투영시킵니다.
그가 살아갈 시대, 문화, 성별, 종족, 가족, 신체적 능력,
정신적 능력, 정서적 능력 등 모든 사항이 질서 있게 결정됩니다.
이는 피자를 주문하듯이 임의로 결정하는 것이 아니라,
영혼의 청사진에 따라 정확하게 정해지는 것입니다.

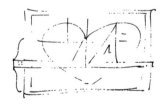

환생은 연속적인 시간대에서 일어나나요?

그대가 있는 곳에서는 그렇습니다.
하지만 내가 있는 곳에서는 그렇지 않습니다.

의식은 자신을 창조할 수밖에 없습니다.
그대는 그대의 진정한 본질에 따라
확장하고 창조해야만 하는 것입니다.
태어나기 전이나, 태어난 다음이나, 육체의 삶 이후나
그대는 언제나 그대 자신의 창조물입니다.

각 생애의 작업장은
배움을 위한 최적의 환경이 조성되도록
설계되어야만 합니다.
어린 시절의 환경은 물론
육체 그 자체도 교육 도구입니다.

윤회전생의 패턴에는 오류가 없습니다.
설령 사람들이 (인간 단계의 발달과정을 거치고 있는
상황에서는 어쩔 수 없이 그럴 수밖에 없겠지만)
순진무구한 상태로 태어난 사람들에게
불행이 밀어닥치는 것처럼 보여 겁을 먹을지라도,
윤회전생 패턴에는 그런 오류가 없습니다.

계획은 완벽합니다.
설계는 정교합니다.
그리고 모든 실재의 본성은
사랑입니다.

우리는 왜 전생을 기억하지 못하는 걸까요?

그대들은 기억합니다.
다만 그것을 전생이라고 느끼지 못하는 것일 뿐이지요.
그대들 중에, 내면 깊숙한 곳에
이전에 이곳에 있었다는 자각이 없는 사람은
아무도 없습니다.

그대들은 이미 모든 것을 경험했습니다.
그대들은 단지 그 기억을 되살려 내기 위해서
지금 여기 있는 것입니다.

어떤 영혼이 지구의 인간 차원이 아닌
다른 곳을 선택해서 태어날 수 있을까요?

물질적인 지구 차원이 필요한 동안에는
영혼은 이곳에 머무를 것입니다.
잘 기억해 두세요.
이곳은 초급반 교실이 아닙니다.
그대들은 다른 많은 곳을 거쳐서 이곳에 왔답니다.

어떤 영혼이 환생하고 싶은 것이
자신의 최고의 관심사임을 자각하게 되면
지구는 선택의 대상지가 됩니다.
그대들은 인간 세상의 이원성도
영혼이 선택을 할 수 있도록
특별히 디자인된 것임을 알게 될 것입니다.
영혼은 여기에 들어오기 위해서 선택을 해야만 하며,
윤회전생의 사이클을 끝마치는 영혼도
마지막 선택의 순간에 마주쳐야만 한답니다. ✤

서두를 필요는 없습니다.
그대들은 영원하니까요.
이번 생에서 무언가를 잊는다 해도
다시 수많은 시간이 주어질 것입니다.

육체에 더 이상 머무르고 싶지 않다는 느낌이 있다면
스스로 물어보십시오.
혐오나 불안이 아닌
사랑을 지니고 귀향할 수 있는지를.
만족스럽지 못한 부분이
빵 부스러기만큼만이라도 있다면
다시 육체를 입고 와서
그것마저 쓸어버려야 할 것입니다.

말끔하게 정리되어야만 합니다.
엉켜 있는 것을 다 풀고
구석구석 먼지를 털어 내며
켜켜이 쌓여 있는 모든 것을
하나도 남김없이 다 내다 버려야 합니다.

**의식이 인간의 몸을 얻는 것이
어려운가요?**

영혼이 처음에는 우연히 이 새로운 차원으로
불시 착륙하듯이 들어옵니다.
그리고 이 생에서 다음 생으로 이어가면서
인간 경험의 모든 영역을 통과하지요.
그때마다 선택 과정은 점점 더 정확하고 엄해집니다.
마지막 환생 때에는 주의를 훨씬 더 기울여야만 하기 때문에
어느 정도 기다리는 시간이 필요하죠.
그렇다고 몇 백 년을 기다리는 것은 아닙니다.

**우리가 만약 길에서 벗어나면
다음 생에서는 의식이 더 낮은 형태로 태어나나요?**

그렇게 되는 것은 결코 영혼의 목적에 부합되지 않습니다.

**600만의 영혼이
대학살을 경험하기로 결심한 이유는 무엇인지요?**

환생의 문을 열고 들어오면
많은 목적을 성취할 수 있습니다.
자기도 배우고 다른 사람을 가르칠 수도 있지요.
만약 당대의 삶이

이 두 가지를 성취할 목적으로 디자인된 것이라면
그 인생의 목적과 소명은 숭고한 것입니다.
이런 영혼의 환생이 있을 때마다
고차원적인 지혜는 이렇게 말할 것입니다.
"그래, 지금 이런 삶이 필요하지."

이런 목적을 갖고 들어온 사람은
다른 사람을 위해서 희생을 당할 수도 있지만
자신도 성장할 수 있는 멋진 기회를 얻은 것입니다.
물론 그 길은 영혼이 선택한 것입니다.
실수로 그런 일에 휘말리는 경우는 없습니다.
그 일을 경험하는 모든 영혼은
태어나기 전에 충분히 자각하고 있습니다.
그런 일을 경험할 필요성과
어떤 특정한 상황에서 그런 일을 경험함으로써
다른 사람의 성장을 도울 수 있고
그와 더불어 자신도 성장할 수 있다는 것을.

도무지 이해할 수 없는
그런 무시무시한 공포를 경험하면서도
영혼은 무언가를 배울 수 있나요?

인간은 배울 수 없을지 몰라도
영혼은 배울 수 있습니다.

영혼의 환생이
전체가 한 번에 동시에 시작된 것인지,
아니면 우리가
각각 다른 때 환생 주기를 시작한 것인가요?

시작 시기는 개인마다 다릅니다.
영원하고 끝없이 확장해 나가는
신의 완전한 전체성 속에서
모든 영혼이
폭발하듯이 일시에 환생할 수는 없습니다.
각 영혼은 자신의 탐구 과정에서
자신의 시간표를 짭니다.
개개의 의식은 확장하고 탐험하며,
나누어지고 합쳐지면서
자신의 시간표에 따라
돌아가고자 하는 갈망이 일어나는 순간에 이릅니다.

약간 무질서한 것처럼 보이는데요.

그대가 무질서하다고 생각하는 것은
공간 관점에서 생각하기 때문입니다.
영원 속에는 수많은 가능성이 있습니다.

영혼의 수는 한정되어 있나요?

아닙니다, 그렇지 않습니다.

그렇다면 새로운 영혼들은 어디에서 오나요?

의식은 나누어지고
거기서 또 나누어지고 하면서
자기 자신을 표현합니다.
이렇게 해서 나누어진 수많은 의식들이
이제 더 이상 성장하거나 확장할 필요가 없다는
자각에 이르면 다시 하나로 합쳐지기 시작하지요.
그리하여 마지막엔 하나의 영혼만 있을 것입니다.

**한 영혼이 더 이상
이 행성에 돌아오지 않으려면
인간의 성장 과정에서
어떤 상태에 도달해야 하나요?**

그대가 최종적으로,
그리고 충분하고 완전하게
그대 자신의 신성을 인식하고 경험했을 때
다시 돌아오지 않게 됩니다.

우리는 우리 세계와 병행하여 존재하는
다른 세계에서
여기와 동시에 거기에서의 삶을 살고 있는 것인가요?

예, 당연히 그렇습니다.
그대들은 지금 동시에 여러 세계에서 살고 있습니다.

그 '여러' 세계가
모든 시간, 모든 공간,
모든 진동 영역에 걸쳐 존재하고 있나요?

그렇습니다.

윤회하면서 경험한 수많은 삶이
모든 영역에 동시에 현존하고 있다는 말인가요?

영혼의 의식 한가운데에서 보면 그렇습니다.
그대는 빛의 중심에서 나온 빛의 존재입니다.
빛의 중심에서는 모든 것이 현재입니다.
그러나 빛이 물질적인 실체 세계로 들어오면
물질적인 실체 세계에 시간의 전후 관계가 있게 됩니다.

카르마란 무엇입니까?

내가 말하는 카르마는
단지 변형시킬 수 있는 재료라는 뜻입니다.
카르마는 갚아야 할 빚이 적혀 있는 외상 장부가 아닙니다.
사람은 누구에게나
신의 뜻을 거스르는 부분이 조금은 있습니다.
또한 인간적인 경험이 전혀 필요하지 않은 부분도 있겠죠.
카르마는 이런 복합적인 존재 상태에서
스스로 배워 나가는 일종의 학습 방식입니다.

카르마란 아직 진리 안에 있지 않은
그대의 부분들을 발견하기 위해서 이번 생에 들어올 때
그대가 선택한 일련의 상황들입니다.
그대가 그대 인생의 모든 것의 창조자입니다.
그대가 요청하지 않은 것은
그 어떤 것도 그대의 삶에 들어오지 않습니다.
지혜롭고 의식이 있는 영혼 내면의 갈망이
외부로 표현되어 나오는 것입니다.
그대가 내면에서 진리라고 여기고 있는 것이
구체적인 현시를 창조하고 그대는 그것을 경험합니다.
그러므로 그대가 경험하는 것은 모두
그대의 믿음을 경험하는 것이지요.
그리고 그 경험을 통해서 변형이 일어납니다.

실수를 했거나 매정한 처신을 했다면
그 대가를 치러야만 하지 않을까요?

그대는 돌려주거나 돌려받기 위해 여기 있는 것이 아닙니다.
그대는 성장하기 위해서 여기 있는 것입니다.
그대에게 성장하려는 의지가 있을 때
카르마의 매듭은 풀어집니다.
신의 의식의 섭리에서는
더 이상 필요치 않은 것은 존재하기를 멈추게 됩니다.

그대는 꽃이 피기 오래 전에
정원을 가꾸었습니다.
아름다움을 보려고 꽃씨를 뿌렸습니다.
그대는 정성을 기울여 옮겨 심기도 하고,
물을 주기도 하고 뽑아 버리기도 했습니다.
그대의 현실에 나타난 상황들이
그대가 좋아하는 모습이 아니라면,
과거에 잘못 판단한 것이
현재와 같은 모습으로 나타난 것입니다.
그러므로 좀 더 현명한 선택을 하라는 신호로 여기고
환영하며 받아들여야 합니다.

그대들은 아직 카르마 구조에 묶여 있지만,
그대들 내면의 지혜 속으로 깊이깊이 들어갈수록

카르마 구조의 구속력은 점점 약해집니다.
카르마는 빠르게 변형시킬 수 있습니다.

카르마로 인해 자기 삶에 나타나는 것이
어마어마하게 크고 많은 것처럼 보일지라도,
어떤 영혼도 자기가 완전히 성취할 수 있는
그 이상의 짐을 자기에게 지우지 않는다는 점을
기억하십시오. ❀

카르마의 목적은
자기 용서와 자아실현입니다.

그대가 옆길로 빗나가고 실수를 하는 것은
고의로 진실을 거부하기 때문이 아니라,
두려움과 무지,
그리고 안전하지 않은 곳에서 안전을 찾기 때문입니다.
그대는 혼란에 빠졌고
그대의 신과의 의식적인 연결은 단절되었습니다.

인간 경험의 미궁을 통과하며
거기에서 빠져나올
돌아오는 길을 찾으십시오.
그대는 문이 열려 있음을,
그리고 거기에 빛이 있음을 발견할 것입니다.

누군가가 의도적으로 남을 해치는
신을 부정하는 행위를 할 때도
그의 영혼은 그것을 의식하고 있습니다.
어떻게 해서라도 그 영혼은
자신의 행위를 이해하여야만 합니다.
이해하기까지 여러 생이 걸릴 수도 있고
한순간에 될 수도 있습니다.

그대는 그대의 세계를 초월할 수 있을 정도로
충분히 카르마와 관련된 경험을 했음에도 불구하고
철저하게 변하지 않은 자신의 모습을 보고
실망할지도 모르겠습니다.
하지만 그대는 여전히 그대의 사랑스러운 자아입니다.
나 개인적으로는, 그대의 그런 모습을 보는 것이
더 즐겁고 관심이 갑니다.

그대가 모독하고 경멸하며 의심하고
판단하며 죄책감을 느끼는 자아는
그대와 함께 고향으로 돌아갈
바로 그대 자신입니다. ❁

히틀러나 스탈린 같은 영혼에게는
어떤 일이 일어나나요?

그대가 "히틀러나 스탈린 같은 영혼"이라고 한다면
나는 그대가 그들의 영혼을 모르고 있다고 말하겠습니다.
그대가 말하는 것은 히틀러나 스탈린 같은 사람이지
그들의 완전한 신성한 존재가 아니기 때문입니다.
인간의 의식 속에는
징벌과 정의가 있어야 한다는 생각이 있습니다.
인간의 마음으로는 이해할 수 없는 것이 많습니다.
그대는 참혹한 고통을 불러온 것처럼 보이는 사람을
용서하고 사랑할 마음을 갖기가 힘들겠죠.
그대의 관점에서는 그런 행위는 용서할 수 없겠죠.

그러나 그들도 분명히
그들의 영혼에서 일어날 필요가 있는
큰 성장을 합니다.
이 두 사람뿐 아니라
잔인한 사람, 학대하는 사람, 살인자, 이기적인 사람,
야심으로 가득 찬 사람, 냉혹한 사람도 모두
큰 성장을 합니다.
이것은 정도의 문제입니다.

그대들 각자의 내면에도
다른 사람들보다 적을지는 몰라도
증오, 인종적인 편견,
"나는 너하고 달라. 내가 낫지"라고 속삭이는 목소리 등이
어느 정도는 있습니다.
이런 목소리가 그대들 내면에서 들린다면
그것은 그대들 내면에서
외부 세계의 히틀러 같은 부분이
그렇게 말하는 것이라고 할 수 있습니다.

잊지 마십시오.
여기는 교실입니다.
그리고 기억하십시오.
배워야 할 어떤 가르침은
확실히 알아듣고 이해할 수 있도록
오히려 진실과 어긋난 표현으로 주어질 수도 있음을.

모든 의식은
보다 정적인 단순한 물질 형태를 통과해서
보다 유동적이고
복합적인 형태로 진화해 나가고 있나요?

떠나는 길을 선택한 사람은
돌아오는 길도 선택했습니다.
이 길에는 다른 여러 의식 레벨에 대한
경험이 포함되어 있지요.
의식은 다른 여러 자각 레벨이라고 할 수 있는 것들을
그대들의 지구에 물질화시킴으로써
자기 자신을 표현합니다.
그러나 이 모든 과정은 언제나
하나인 상태로 돌아가는 여행입니다.

의식은 최고의 편안함을 느낄 수 있다면
자신의 일부를
바위로 창조할 수도 있고
풀잎으로 창조할 수도 있습니다.
그리하여 바위가 되고 풀잎이 된 의식의 일부분은
거기에서 지극히 편안함을 느낍니다.
그렇다고 해서 의식이 그 형태 속에
한정되어 있는 것은 아닙니다.

단지 의식의 어떤 특정한 부분이
생명이 없는 것처럼 보이는 대상인 물질적인 실체와
일시적으로 결합하는 체험을 통해서
자신의 욕구가 최선의 방식으로 충족될 수 있다는 뜻입니다.
또한 의식은 인간을 포함한 다른 여러 레벨에서도
그와 동시에 자신을 창조합니다. ❀

그대가 대지를, 새들의 노래를,
한 송이 꽃의 아름다움을 소중히 여기고
그들 모두와 하나인 상태를 느낄 때,
그것은 그대 존재의 핵심인
사랑의 빛과 다시 결합하기 위해서
얼어붙어 있던 그대의 의식의
일부분을 풀어 주는 것입니다.

세상의 모든 것과 하나라는 느낌은
다양한 체험을 통해서 진화한 여러 부분들이
그대의 것이 되었음을 보여 주는 좋은 징조입니다.
이런 느낌은 세상이 자신과 하나임을 아는
완전한 앎으로 그대들을 인도할 것입니다.
정말로 그럴 것입니다.

220

동물도 진화하나요?
그래서 사람이 되나요?

물론입니다.
의식은 자신의 존재 상태를
외부에 표현하지 않을 수 없습니다.
확장하며 창조해 나가는 과정을 거치면서
의식은 현재 이해할 수 있는 영역을 계속 넘어
더 광대한 지혜의 경지까지
성장해 나갈 것입니다.

진화에는 끝이 없습니다.
그대들도 훨씬 더 찬란하고,
훨씬 더 아름다우며,
훨씬 더 지혜로운 존재로
계속 진화해 나갈 것입니다.

삶의 교과 과정 스케줄보다
앞서서 일찍 졸업할 수도 있나요?

어떤 단계도 건너뛸 수 없습니다.
유기적인 과정이 그걸 허용하지 않습니다.
만약 그렇게 된다면 과정에 틈이 생겨서
거기에 두려움, 의심, 불신이 숨어들 것입니다.
그러면 유기적인 과정 전체가 일시에 무너져 내릴 것입니다.
그대는 분명히 이런 불상사를 원하지는 않겠지요.

그대는 그대의 길을 찾을 것입니다.
그리고 끝까지 그 길을 갈 것입니다.
지금 그대가 통과하고 있는 길은
생각만큼 그렇게 끔찍한 장소가 아닙니다.
그대는 아름다움과 추함, 사랑과 미움,
빛과 어둠을 보려고 온 것이 아닙니까?
여기서 도망치려고 하지 마십시오.
그대의 임무는 이곳을 변형시키는 것이지
회피하고 도망가는 것이 아닙니다.

에마누엘, 지금 몇 시죠?

지금!

우리가 영원하다면
시간이 무슨 의미가 있습니까?

그대는 시간이라고 말하고, 나는 영원이라고 말합니다.
하지만 우리는 같은 것을 서로 다른 의식의 시각에서
말하고 있는 것입니다.

시간은 교육을 위한 장치입니다.
시간은 그대로 하여금
교실에서 일어나는 일에 집중하도록
그리고 그것과 관련을 맺도록 도와주는 긍정적인 힘과
전체 구조를 파악할 수 있는 감각을 제공하기 때문에
물질세계를 구성하는 요소로 꼭 필요합니다.
필요한 곳에 집중할 수 있도록 고안된 것은
그것이 무엇이든지 간에
그것은 학습을 위한 장치라고 할 수 있습니다.
졸업하게 되면
더 이상 시간이 필요치 않을 겁니다.
하지만 졸업할 때까지는 필요합니다.

물질적인 육체의 제한에서 풀려나면
시간 밖에 있게 됩니다.
그 상태에서도 존재의 자각은 현존합니다.

지금 그대가 있는 곳에서는
연속적인 시간은 그대의 환경의 일부입니다.
그대의 세계에서 통용되는
시간에 대한 감각을 넘어가면
시간은 더 이상 연속성을 띠지 않으며
그저 있을 뿐입니다.
시간이 모든 것들의 있음과 하나가 됩니다.
거기에 도달하면 그대는
시간이 없다는 말을 하지 않을 것입니다.
과거나 미래 또는 현실이라고 하는
관념에 뿌리를 내리고 있던 시간이 풀려나 사라지고,
영원한 있음만 현존할 것입니다. 🌸

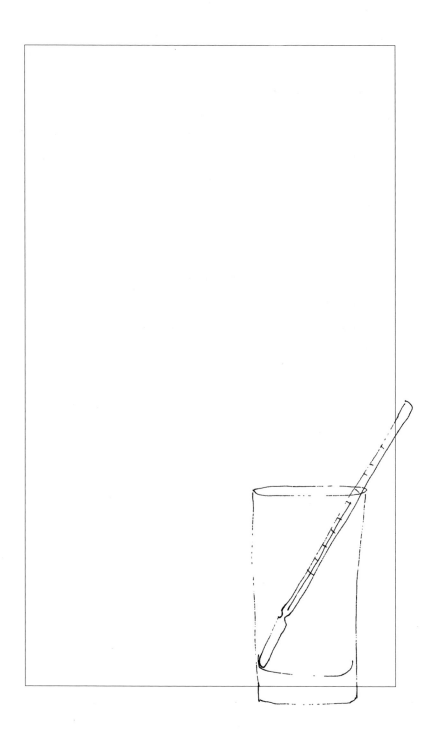

10
질병과 치유

그대 사랑하는 영혼들이여,
병은 항상 외적인 것에 자극받아
외적인 활동에 분주한 사람에게 침범합니다.
그러므로 고요하게 지내는 시간과
조용히 내면을 성찰하는 시간이
치유에 도움이 될 수 있습니다.
그런 시간을
진흙 덩어리 육체에 영의 숨결을 불어넣어
진흙을 황금으로 변화시키는
연금술로 이용할 수 있습니다. ✳

병은 가르침입니다.
영혼이 보내는 메시지이죠.
그 가르침을 배우면
병은 한순간도 존재하지 않게 됩니다.

병은 어떤 영혼의 혼란이
육체적으로 나타나는 것입니다.
혼란을 의식이 알아차릴 수 있도록 하기 위해서죠.

질병이 나타나는 모든 부위는
모두 그대 자신의 몸입니다.
그대의 몸이 말하는 것에 귀를 기울이십시오.
그대 몸의 아픈 부분이 되어 보십시오.
그대 몸의 저항하는 부분이 말하는 것을 들었다면
성숙한 마음은 이렇게 말할 수 있을 것입니다.
"좋아, 다른 길을 찾아보자."
그리고 그때
그대 내면의 정상에서 벗어난 에너지를
그대로 받아들여 껴안으십시오.
비정상적인 에너지가 정신적인 것이든, 육체적인 것이든,
또는 정서적인 것이든 끌어안으십시오.
그 단순한 수용에 의해서
비정상적인 에너지는 힘이 빠지기 시작합니다.
변화가 시작되는 것이죠.

고통은 그대가 배울 준비가 되었을 때
그대에게 말합니다.
정서적인 고통이 이러이러하다고 말합니다.
육체적인 고통은 다른 말을 합니다.
고통이 있는 부위까지도
그대에게 뭔가를 생생하게 말해 주고 있는 것입니다.
삶에 되는 대로 아무렇게나 일어나는 일은 없습니다.
물론 고통 속에 있는 사람이
고통이 하는 말을 듣는다는 것이
쉽지 않은 일임을 알고 있습니다.
하지만 진실은 진실입니다.
그대는 온전하고 질서 있는 우주에 살고 있습니다.
이것을 그대의 삶의 신조로 삼으십시오. ❀

병은 결코
육체적인 원인 때문에 생기는 것이 아닙니다.
병은 영적인 결핍, 감정의 혼란 또는 정신의 착란 등
비물질적인 영역에서 처음 시작합니다.
몸은 단지 반응할 뿐입니다.
몸은 스트레스에 반응하여 진동하고
그 진동으로 인해
내면의 혼란이 겉으로 나타나는 것이지요.

몸이 비물질적인 영역에서 오는 스트레스에 짓눌리면
몸의 특정한 부위의 에너지 흐름이 막힙니다.
이렇게 그대의 현실에
몸의 기능 불량이 육체적으로 나타날
무대가 설치됩니다.

병은 겉으로 나타나는 증상에 따라 분류하지요.
그러나 원인은 증상과 아무 상관이 없는
전혀 다른 것일 수 있습니다.
두 사람이 똑같은 병에 걸렸더라도
원인은 다를 수 있습니다.
병은 이렇게, 각자 자신의 내부의 부조화를
자신의 몸으로 외부에 표현하는 방식입니다.

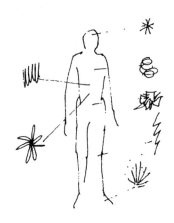

카르마 때문에 생기는 병도 있나요?

카르마와 스트레스는 같은 것입니다.
그대가 이번 생을 설계할 때
충돌이 있는 영역으로 들어오기로 결정했기 때문에
그대 영혼의 청사진에 따라
갈등과 충돌이 있는
스트레스 상황에 처하는 것입니다.
이런 것을 카르마라고 할 수도 있겠죠.
하지만 카르마라는 단어는 명징한 이해보다는
더 많은 오해를 불러일으킵니다.

병의 원인이 무엇인지 그 진실을 알면
치유는 즉각 일어날 수 있습니다.
병이란 예외 없이,
의식이 무엇인가를 받아들이기를 원치 않을 때
그 거부가 몸에 표현되는 것이니까요.

생명력, 곧 영혼의 의식은
육체적인 몸을 통해 흐릅니다.
그런데 영혼의 필요에 따라,
어느 시점에 신체 특정 부위가 그 흐름에 저항하게 되고
그러면 그 신체 부위에 기능 장애가 생깁니다.

어떤 거부라도 결국에는 몸에 표현됩니다.
이것을 경험하는 것이
인간이 물질적인 몸을 입은 이유 중 하나입니다.
인간은 병이라는 이런 방식을 통해서
정신과 감정 수준에서
받아들이기를 꺼리는 것들과 마주치게 됩니다.

병든 그대의 몸은 적이 아니라
그대의 충실한 친구입니다.
병은 그대의 영혼이
정확한 때, 정확한 방식으로 반응하도록
프로그램으로 짜 놓은 것입니다.

에이즈를 신이 내린 천벌이라고 할 수 있습니까?

오, 사랑하는 이들이여,
신이 천벌을 내린다는 것은 끔찍한 생각입니다.
자기는 한발 옆으로 슬쩍 빠지고 나서
에이즈를 신의 탓으로 돌린다고 해서
에이즈를 치료할 희망이 생긴단 말입니까?
아닙니다. 결코 아닙니다.
자기가 자기의 삶에
자치권을 가지고 있음을 알고 있는 그대들은
에이즈가 신이 내린 천벌이 아니라는 것을

충분하고도 분명하게 알고 있을 것입니다.
사랑과 동정심이 충만한 신은
결코 누구에게도 벌을 내리지 않습니다.
개인들의 소규모 그룹이든 또는 보다 큰 사회 집단이든
신은 그 누구에게도 어떤 질병도 내리지 않습니다.
하다못해 그 흔한 감기조차도 내리지 않습니다.

그대가 벌을 받아 마땅하다고 믿는다면
그대의 삶에서 무엇을 잘못한 것이라고 느끼는지
스스로 물어볼 필요가 있습니다.
죄책감이 있습니까?
해결해야 할 당면 과제는 병 자체가 아니라,
신의 벌을 받아 마땅하다고 그대에게 넌지시 말하고 있는
그 목소리에 동조하는 태도입니다.

어떤 사람은 육체가 건강한데
어떤 사람은 장애나 타고난 질병이 있는 이유가 무엇인가요?

몸이 건강하다고 죄책감을 가질 필요는 없죠.
모든 것에는 이유가 있습니다.
그대들도 과거에 장애를 지닌 뒤틀린 몸으로 태어나
주어진 운명에 따라 살면서 배웠다는 사실을 알아야 합니다.
신의 우주 안에서 모든 것이 공평하게 분배되지 않을까 봐
걱정하는 것입니까?

어떤 사람들은
남향이거나 또는 뒤에 연못이 있는 집을 사듯이
유전적인 요소들을 그렇게 선택합니다.

그들은 방출 밸브 역할을 해 줄 특정한 병이
발병할 가능성이 있는 육체에 살기로 선택합니다.
그 몸은 그들의 삶에서 어떤 요소들이
앞으로 더 이상 제 기능을 발휘하지 않아도
아무 상관이 없는 지점에 이르면
반응하도록 설계된 것입니다.

정신 이상이 있는 사람들은
자신들의 광기를
의식적으로 통제하나요?

아닙니다.
그들은 자신들의 광기를 영적으로 통제합니다.
그런데 사람이 자신의 광기를 통제한다는 말은
좀 잔인한 표현이군요.

도저히 대처하지 못할 어떤 상황에 마주치거나
마음의 상처가 클 때
광기를 부리는 것이
현명한 선택이라고 믿는 사람들이 있습니다.

그런데 사실이 그렇습니다.
실제로, 광기를 부리는 것은 일종의 치유 방법입니다.

여기서 제일 중요한 점은
그 영혼은 광기를 부리며 사는 삶이 어떨지 자각하면서도
그런 삶을 통해서 성장하기 위해서,
그리고 자신뿐만 아니라
다른 사람의 배우는 체험에 기여하기 위해서
그런 삶을 선택했다는 사실입니다. ✻

"암"이라는 단어를
세탁해서 햇볕에 널어 말리고
하얗게 표백해서 아름답게 할 수만 있다면
암도, 또 암으로 인한 죽음도 줄어들 것입니다.
그러면 암에 연루되었던 영혼들은
다른 길을 선택하겠죠.

암 문제는 그대들 세계에 두루 퍼져 있는
두려움 문제입니다. '암' 그러면 두려워하죠.
그래서 암은 반드시 두려움과 함께 다루어야만 합니다.

어떻게 해서 암이 나았더라도
두려움이 그대로 있는 한 어떤 다른 병이 생길 것입니다.
두려움을 해결해야만 합니다.

신의 실재를
극단적으로 부정하는 것 가운데 하나가
두려움이기 때문입니다.

치료되지 않는 병은 없다는 말을 들었습니다.
이 말이 사실이라면,
저는 어떻게 해야 건강을 회복할 수 있을까요?

그 말에는 의도의 문제가 있습니다.
누군가가 "치료되지 않는 것은 없다"고 말한다면
그는 "내 방식으로"라고 강하게 주장하고 있는 것이지요.

실제로 모든 병을 고칠 수 있는 치료법이 있을까요?
예, 있습니다.
그대가 죽음을 일종의 치유로 볼 수 있을 만큼
충분히 현명하다면
모든 병을 고칠 수 있는 치료법이 있는 것입니다.

몸은 무한한 지혜를 지니고 있어서
평형을 이루기 위해서
무엇이 필요한지 알고 있습니다.
몸이 말하는 지혜의 소리에 귀를 기울인다면
그대는 스스로 자기를 진단하고
스스로 자기를 치료하는 의사가 됩니다.

그리고 이 점을 알려 주고 싶습니다.
영혼이 몸에서 떠날 준비가 되면
튼튼하고 건강한 운동선수처럼 뛸 수 있어도
심장이 멈출 것입니다.
그러나 영혼이 떠날 준비가 되지 않았다면
몸이 스스로 자신을 고칠 것입니다.

그대는 제한에서 풀려나 자유로워진 의식의 힘을
알 필요가 있습니다.
의지가 아닌 자유로워진 의식,
그 의식은 자신의 몸을 재건하고
고칠 수 있는 힘을 갖고 있습니다. ❃

그대들 중에는 생을 이어가며
힐러로 진화해 나갈 사람도 있을 것이기에
이 점을 일러두고자 합니다.
치유되기를 원하지 않는 영혼들도 있다는 것을.
힐러들은 치료 과정에서
"꼭 나아야 합니다"라는 말을 자주 합니다.
아닙니다, 모든 사람이 다 꼭 나아야 하는 것이 아닙니다.
원하는 사람만 치료하십시오.
그리고 낫고 안 낫고는 그대 소관이 아닙니다.
그대의 의지로 상대방에게 강요하지 마십시오.

그저 사랑만 하십시오.
그러면 영혼은 그 사랑을 받아서
꼭 필요한 곳에 쓸 것입니다.

**아픈 사람에게 손을 얹는 방법으로
치료할 수 있습니까?**

진리와 빛의 이름으로 모인
두 사람 또는 그 이상이 서로 연결된 결합을 통해
사랑의 힘이 아픈 사람 몸속으로 들어가서
그 몸의 화학적 구조와 에너지 시스템을 바꿔 놓습니다.

사랑과 열린 가슴과 신뢰심을 지닌
두 사람만 있으면 신성한 영이 함께하여
놀라운 상황을 창조해 낼 것입니다.

원격 치유도 가능한가요?

그대가 떨어져 있는 누군가에게
치유력을 보내려고 한다면,
그가 자신의 병을 수용할 수 있도록,
그리고 어떻게 되든지
지혜가 의도한 대로 되도록
자신을 맡길 수 있게 해달라고 기도하십시오.

또 다른 2천 년이 지나도
그대들 인간 세상에 출현하지 않을지도 모르는
고도로 진화된 상태의 치료법이 있습니다.
그것은 깨끗한 물로 치료하는 방법입니다.
이 치료법의 효과는
믿음에 달려 있습니다. ❀

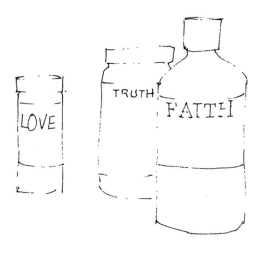

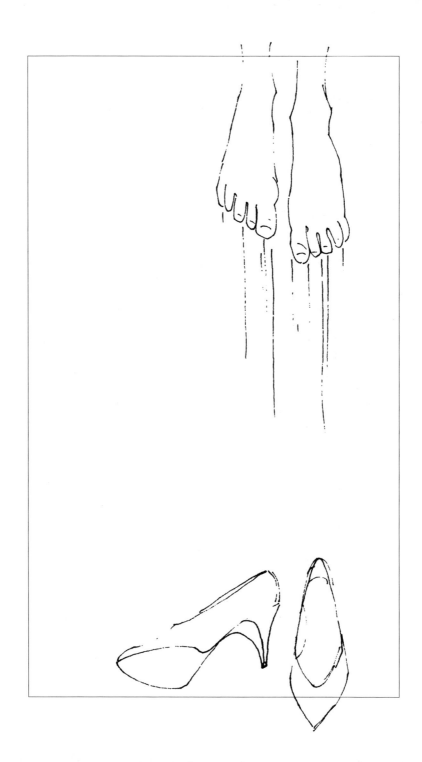

11
죽음

죽음이란 꽉 조여
답답하던 신발을 벗어 버리는 것과 같습니다.

죽는다 해도
그대는 여전히 살아 있습니다.
죽는다고 해서 존재하지 않는 것이 아니니까요.
그대는 살아 있는 상태로 죽음의 문을 통과합니다.
의식에는 아무런 변화도 일어나지 않습니다.
그대가 가는 곳은 낯선 곳이 아니라
성장이 계속되는
살아 있는 실체가 거주하는 땅입니다.

삶과 죽음을
상반된 것으로 여기지 마십시오.
죽음을 퇴장이 아니라 입장이라고 하는 것이
진실에 더 가까운 표현입니다.

죽음의 문턱을 넘어갈 때
엄청난 생명력의 소생이라는 선물을 받습니다.
희미하고 미약한 생명에서
생명 그 자체,
그 근원적인 실재의 생명력으로 들어가는 것입니다.

죽음은 상쾌하고 싱싱한
맑고 아름다운 호수 같답니다.
몸에서 빠져나온 의식은
즐거워하며 첨벙 그 호수에 뛰어들어
유유히 헤엄칠 것입니다. ✿

죽음의 과정은 스스로 조절됩니다.
그것은 신성한 과정입니다.
절대적으로 안전합니다.
죽음에 대한 두려움은
무엇을 떠나보내는 것에 대한 두려움입니다.

삶에서 그러하듯이
죽음에서도 무엇을 떠나보내는 것이 두려운 것이죠.
두려움을 극복했다면
죽음의 과정은 언제나 즐겁습니다.
두려움을 옆으로 밀어내면
죽음은 최고로 짜릿한 모험이 됩니다.
우주에서 두려워할 것은 아무것도 없습니다.
정말 아무것도 없습니다.

영혼이 물질적인 몸을 떠날 때,
깊은 명상에서처럼
환한 빛이 비치고,
다 좋다는 느낌이 있고,
평화로움이 있고,
자신의 존재 전체와 개체성이
그대로 유지되고 있다는 자각이 있습니다.
존재하기를 멈추는 것이 아니라
더욱 강렬한 존재 수준으로 들어가는 것이지요. ✽

육체의 삶을 최종적으로 마무리 짓는
의사 결정 과정이 진행되는 동안
정신을 잃지 않고 맑게 깨어 있는 것이 중요합니다.
그 과정은 마치
오래 기다렸던 여행을 떠나기 위해서
짐을 꾸릴 때처럼
흥분과 설렘 속에서 진행됩니다. ✿

죽음은 단지 통과하는 통로이며
육체의 구속에서 풀려나는 해방의 시간입니다.
죽는 과정은 살아가는 과정과 하나도 다르지 않습니다.
일단 참 자아 의식이 가득 채워지면
그대는 죽음을 넘어 존재한다는 것을 알게 됩니다.
육체에서 풀려난 다음
처음 경험하는 즐거움 가운데 하나는
자신의 참 자아를 한순간도 잃지 않고,
자신이 지니고 있는 참 자아상을
모든 것이 하나인 우주적인 참 자아상에 결합시키는
참 자아상을 재건하는 즐거움입니다.
나 자신도 그런 사후 체험의 결과로
지금의 내가 된 것이랍니다. ✿

할 일을 끝내고
빛을 향해 가면서도
육체적인 실체 속에
계속 남아 있고 싶어 하는 사람들은
왜 그러는 걸까요?
한번 곰곰이 생각해 보세요.
그건 우리에게도 미스터리입니다.
우리가 죽음의 두려움을 기억하고 있는
인간이었을 때조차도 종종 미스터리였습니다.
출구에 기쁨과 빛이 기다리고 있음에도 불구하고
낡고 쓸모없어진 물질적인 형태에
끈질기게 매달리는 것은
참으로 이해하기가 어렵습니다.

우리는 육체에서 빠져나오는 이들을
환영하기 위해 항상 거기에 있습니다.
그러니 그대들이 육체에서 떠날 때
두 팔을 활짝 벌려
우리의 포옹을 받아 주십시오. ✿

어떤 영혼이든지 근원적인 실체로 들어갈 때는
늘 다른 어떤 존재가 수행하며 함께 갑니다.

만약 너무 갑자기 육체를 떠나서
자신의 실제 상황을 알아차리지 못한다면
인간처럼 보이는 어떤 존재가 필요할지 모릅니다.
그 순간에 영만 보인다면 이상하고 불안하겠죠.

우리 중에는
몸에서 풀려난 영혼에게 어떤 초점을 제공하여
그 영혼이 새로운 존재 상태에 잘 적응하도록
돕는 일에 지원한 동료들이 있습니다.
말하자면 자원입대한 영들이죠.

일단 영혼이 새로운 존재 상태에 적응이 되면
인도하는 신성한 영이 나타납니다.
그가 어떤 모습으로 나타나느냐는
안내받을 영혼의 신앙 체계에 따라 다릅니다.
빛나는 붓다일 수도 있고,
빛나는 예수일 수도 있습니다.
또는 다른 어떤 성스러운 존재일 수도 있습니다.
이들은 모두 신성한 빛의 존재들입니다.
이제 영혼은
그가 가야 될 필요가 있는 곳으로 인도를 받습니다.
그가 존재의 가장 깊은 수준에서
가기를 원하는 곳으로 인도될 것입니다.

저는 제가 지각이 있는 사람이라고 생각합니다.
그런데 나의 죽음에 대해 생각할 때는
왜 그렇게 공포감에 휩싸이게 되는지를 모르겠습니다.

사랑하는 친구여,
그것은 그대 역시 인간이며,
그대가 그대의 죽음에 대해서 생각할 때,
죽을 때 마땅히 죽어야 할 그대의 일부가
죽기를 원치 않고 있어서 그렇습니다.
그대의 그 일부는 이렇게 말합니다.
"나는 개성이 있는 존재야.
나는 이 확실한 물질세계에 살고 있는 인간이라고.
나를 지키느라고 얼마나 힘들었는데,
여기서 영원히 살고 싶어.
내가 모르는 세계는 두려워.
그래서 미지의 세계로 들어가고 싶지 않아."

괜찮습니다.
그대가 이렇게 말한다고 해서
그대가 깨우치지 못한 것은 아닙니다.
그대의 더 큰 부분은 이미 깨우쳤습니다.
깨우침을 담기에는 그릇이 작은
그대의 일부에게 깨우치라고 강요하지 마십시오.

그 부분은 그냥 인간적인 상태로 남겨 놓고,
오히려 그 부분을 위로해 주십시오.

그대의 상위 지혜는 언제라도
그대의 죽음에 대한 공포를
엄마가 아기를 안듯이 두 팔로 감싸 안고
달래고 진정시킬 준비가 되어 있습니다.
죽음을 두려워하는 그대의 작은 부분이
더 없이 행복하게 죽음으로 들어갈 때까지
그렇게 달래면서 보살필 것입니다.

"나는 내가 깨우쳤다고 생각했다.
그런데 지금 왜 죽음을 두려워하는 거지?"
이건 정말 말이 안 되는 표현입니다.
그대의 이원성 세계에서는
그런 상태에 처하게 되는 것이 지극히 당연한 일입니다.
정말 모르겠습니까?

죽음을 극복할 수 있는 경지에 도달할 수 있다면
육체의 수명을 더 길어지게 할 수 있을까요?

왜 그렇게 죽지 않고 오래 살고 싶어 하지요?
나는 솔직히 말해서
그대가 지금 있는 교실에 영원히 갇혀 있는 것보다
더 힘들고 불쾌한 일은 없다고 생각합니다.
두려움을 좀 누그러뜨려 보려는 것이
오래 살고 싶어 하는 유일한 이유입니다.
그러나 삶의 목적은
두려움을 통해서 성장하면서,
두려움이 별것도 아니라는 사실을 알아내는 것입니다.

이번 생에 하기로 결정하고 들어온 것을
그대의 영혼이 다 끝내지 못하면
생명은 스스로의 의지로 연장될 것입니다.
그대는 여기에 방문자로 온 것이지
거주하기 위해 온 것이 아닙니다.
이것은 저주가 아닙니다.
신의 선물입니다.

죽는 과정이 실제로 어떤 느낌인지요?

죽음이란 마치 수많은 사람이 모여 떠드는
담배 연기 자욱한 방에 있다가
갑자기 문이 열려 신선한 공기와 햇빛 속으로
나가는 것과 같습니다.
죽음은 실제로 이와 같습니다.

물질은 더욱 맑아지고,
의식은 더욱 자유로워지고,
색깔은 더욱 생생해지고,
소리는 더욱 기분 좋게 들립니다.
모든 감각은 마침내
육체라는 무거운 외투를 벗어던지고
노래를 부르며 높이 날아오를 것입니다. ✿

육체에 머물고 있던 모든 에너지를 되찾아
자기 자신에게 되돌리는 것은
신이 일하는 방식과 아주 비슷합니다.
세포에게 이렇게 말하는 것과 같습니다.
"너는 더 이상 내 비장의 세포 구조 속에 필요가 없어.
그러니 이리 와서 나의 더 큰 자아 속에서,
언젠가 모두를 위해 좋은 때가 되어
다시 인간의 몸에 머물게 될 때까지 나와 함께 있자구나."

죽음 이후 가장 먼저 무엇을 경험하게 되나요?

몸을 떠난 다음에 경험하는 것은
몸에 머물며 살 때 경험하는 것만큼이나
다양합니다.
의식이 육체에서 떠나는 순간
창조적인 능력이 사라질 것이라고
상상하는 이유가 무엇입니까?

빛과 사랑, 그리고 사랑의 손길을 그리워한다면
그런 것을 경험할 것입니다.
모든 것을 잃게 될 것이라고 믿는다면
불행한 일이지만 역시,
짧은 시간 동안 모든 것을 잃는 경험을 할 것입니다.
그러나 이렇게 자기가 만들어 내는 상황 속에
지나치게 오래 머무는 것은 허용하지 않습니다.
몸을 떠나는 것만으로 충분합니다.

참 자아가 인간의 몸에서 풀려나는 즉시
빛이 있고, 평화가 있고,
자유가 있고, 고향이 있습니다.

그대들에게 그대들 세계의 의식을
구체적인 원(圓)의 형태로 보여줄 수 있다면,
그리고 그 원을 신성한 빛이 둘러싸고 있는 모습을
확실히 볼 수 있게 할 수만 있다면,
그대들은 인간적인 제약이 있는
그 원을 떠나는 순간
위로와 돌봄을 경험하게 되리라는 것을
결코 의심하지 않을 것입니다.

그대에게는 영원히 현존하는
참 자아의 자각 속에 조용히 앉아
안온한 휴식을 취하는 것이 허락되어 있습니다.
준비된 영혼들은 각자
자기의 스승과 사랑하는 옛 친구들을
즉시 만나 기쁨이 넘치는 재결합을 축하할 것입니다.
정말 그렇습니다.
사람들이 사는 모습과 똑같은 경험을 할 것입니다.
잊지 마십시오.
그대의 의식은 스스로 자신을 창조하면서
그대의 의식에 친숙한 환경을
그대 주위에 만들어 놓았습니다.
그대가 그대 자신의 신적인 존재 안에서
그대를 발견한다면
몸이 없어도 그대 자신을 인지하게 될 것입니다.

죽음 이후에 치유의 시간이 주어지기도 합니다.
실제로 치유의 깊은 잠에 빠지는 영혼들이 많습니다.
그들은 주위가 안전하고
사랑으로 둘러싸여 있다고 느낄 때
살며시 잠에서 깨어납니다.
다른 영혼들은 즐거운 마음으로
새로운 존재 속으로 돌진해 들어갑니다.
감히 말합니다만, 대부분의 영혼이
그렇게 즉각 새로운 존재 속으로 들어가는 것을
만족스러워합니다.

그대들 중 대부분에게는
육체적인 죽음 이후에
이번 생에서 경험한 두려움, 혼동, 저항 등을
영원의 관점에서 이해하는 시간이 주어질 것입니다.

신선한 공기 속으로,
그대가 영원히 속해 있는 근원적인 실재 속으로
성공적으로 다시 들어간 다음에는
오랜 휴가에서 돌아온 사람처럼
주의 깊게 이것저것 둘러볼 것입니다.
그러다가 갑자기
이제 일어나 어디론가 가야 할 시간이라는 것을
확실히 알아차립니다.

종종, 아니 실제로는 대부분의 영혼이
이 생에서 끝내지 못하고
남겨 놓고 온 여러 가지 일 때문에
다시 인간으로 오는 것에 관심을 갖습니다.
그 결과 다시 자궁으로 들어갑니다.
물론 깊이 검토한 다음에 그렇게 하는 거죠.

**빛으로 돌아갈 준비가 완전히 되었다면
죽음의 순간이 어떤 모습일까요?**

그런 사람은 죽음의 순간을 갑자기 맞이하지 않습니다.
그는 살아 있는 동안에도
돌아갈 순간이 언제인지를 알고 있습니다.
그는 이 세상의 모든 것을
계속 사랑으로 어루만지길 바라면서
그리고 여전히 충분이 사랑하면서도
그들을 잡은 손을 놓습니다.
그는 내려놓는다 해도
아무것도 잃지 않는다는 것을 알고 있습니다.
그에게는 더 깊은 합일 속으로 들어간
변형된 의식만 있을 뿐입니다.

그런 사람은 죽은 다음에가 아니라
살아 있는 동안에도 이미

신적인 빛을 감지하고 알고 있습니다.
그래서 돌아가는 그 순간,
모든 것을 내려놓은 그 순간,
깊은 신뢰와 칼날처럼 예리한 자각을 지니고
육체를 떠나 곧장 신성한 빛을 향해 갈 것입니다.
그런 사람은 몸에서 떠나기 전에도
이미 반쯤은 돌아갔다고 볼 수 있습니다.

그럼 그 순간에
그의 전체적인 정체성과 신이
하나된 상태로 동시에 현존하게 되는 건가요?

그렇습니다.
그리고 그 후로도 영원히 그럴 것입니다. ✿

살아 있는 동안에
자신의 인간적인 불완전함을 용서하는 지혜를
가슴에 지녔다면
그대의 죽음은 순간적이며
매우 편안할 것입니다.

모든 것이 영혼의 욕구에 부합되게
잘 이루어지고 안정되었다면
잠자듯이 편안하게 떠날 수 있습니다.

기억하십시오.

지금 나는 "완전히 진화되었다면"이라고 말하지 않았습니다.

각 생애에는 저마다의 채워야 할 양이 있고

그 양이 다 채워지면 평화로움 속에서 떠날 수 있습니다.

사람들이 이렇게 말하는 경우도 있을 겁니다.

"그 사람 자다가

아주 편안한 얼굴로 죽었다면서.

그런데 그 사람 진화되지 않은 구석이 너무 많았잖아.

이것도 안 하고 저것도 안 했잖은가 말일세."

하지만 그렇게 말하는 이들은

이번 생에서 그의 영혼의 과제가 무엇이었는지는

알 길이 없지요.

어쨌거나 가지고 들어온 자기 과제를 완수한 사람은

편안한 죽음으로 삶을 마무리할 것입니다.

오랫동안 병고로 시달리다가 죽는 사람이 많죠.

이것은 그들이 자신들의 영혼이 선택한 것을

성취하지 못했기 때문이 아닙니다.

그것은 단지 그들이 떠나는 방식일 뿐입니다.

당대의 생에서 할 수 있는 최대한도까지 성장했다면
죽는 순간에 의식이 생생하게 깨어 있는 상태로
죽음을 경험하게 될 것입니다.

영혼은 죽는 순간에 가장 가치 있는
죽음 이후의 과정을 선택합니다.
갑작스런 죽음의 순간에 이를 때까지
계속 시달려 온 쓸데없는 여러 가지 두려움을 재평가하면서
자신의 의식이 계속 성장하기 위해서,
다른 사람의 성장을 돕는 길을 선택할 수도 있고
육체 속에 머무는 길을 선택할 수도 있습니다.
육체가 아닌 다른 차원에서 성장하기 위해서
그곳으로 신속하게 떠날 수도 있습니다.

죽음은 염려할 바가 전혀 없는 것입니다.
죽음은 그대가 오랜 세월 동안 몰두하고 있는
과정의 일부일 뿐입니다.
그대는 끝 모를 어두운 심연의 가장자리에 서 있는 것이 아닙니다.
그대는 단지 그대의 영원한 현존 속으로
한 발 내딛고 있을 뿐입니다.
영혼은 준비가 되면 몸에서 나가야 합니다.
사랑하는 이들이여, 뭐가 무서워서 그렇게 벌벌 떱니까?
죽음은 저절로 열리는 자동문입니다.

나의 형은 자살을 했습니다.
그걸 어떻게 이해하여야 할까요?

그대의 형은 자신의 목숨을 거두어
고향으로 데려갔습니다.
자살은 권장할 사항이 아니라고 말하지만,
괜찮습니다.
물론 중간에 학교를 그만두면
언젠가는 다시 돌아와서
그때 못 배운 것을 마저 배워야 한다는 점은 분명합니다.
나는 지금 영원이라는 차원에서 말하는 것입니다.
우리는 영원하기에
누릴 수 있는 삶이 헤아릴 수 없이 많습니다.

그대의 형은 여러 가지 귀중한 것들을 배우고 있습니다.
그대의 형은 고향에, 아주 잘 있습니다.
그는 이것저것 하다가
때가 되면 자신의 뜻과 욕구에 더 잘 부합하는,
다음 생의 교과 과정을 짤 것입니다.

그대가 관심을 기울여야만 하는 것은
그대 자신입니다.
자살한 형이 있다는 것이
그대에게 어떤 의미가 있을까요?

그대는 그대 내면에서 들려오는
신의 목소리에 귀 기울여야 합니다.
그러면 모든 것이 괜찮고,
그대의 형도 영원하다는 것을 알게 될 것입니다.
그가 그대에게 보내는 메시지에 주목하십시오.
누구도 홀로인 사람은 없습니다.
진공 속에 있는 존재는 없습니다.
자살을 하더라도
성장이라는 유산을 남겨 놓지 않고 가는 사람은 없습니다.

신은 징벌하지 않습니다.
신에게는 영원한 사랑과 이해만 있습니다.
자살은 바보 같은 짓이고
그 행위에 대한 대가를 치르게 되지만,
그대가 도움이 될 수 있습니다.

자살한 형의 영혼을 위한 그대의 기도와 축복이
아주 큰 도움이 될 것입니다.
하지만 무엇보다도
그런 행위의 무익함에 대한
그대의 온화하고 상냥한 미소를 띤 이해가
가장 큰 도움이 될 것입니다.

아주 젊은 나이에 죽는 사람들이 있는데
무슨 이유가 있는 걸까요?

자기 과제를 끝냈기 때문입니다.
다른 이유는 없습니다.
너무 젊다고요?
그대들은 모두 영원합니다.
시공간 연속체에서 벗어나서 보면
그 '젊은 사람'이
아주 오래된 올드 소울이 됩니다.

사고로 인한 죽음에 대해 말해 주세요.

사고라고 하는 그런 것은 없습니다.
영혼이 몸에서 떠나고자 하면 떠나는 것입니다.
삶은, 대본도 없고 감독도 없이
연기자 저 혼자 공중제비를 돌며 붕붕 날아다니다가
어디에 처박히는
그런 아마추어 서커스가 아닙니다.
사고는 없습니다. 사고라고 하는 것은 거짓입니다.

그대는 스스로 결정하는 영혼입니다.
태어나는 시간도 그대가 결정합니다.
그대는 자신이 믿기로 선택한 것에 따라

매순간 자신의 삶을 창조해 나갑니다.
언제 죽을지도 그대가 선택합니다.
모든 것이 사랑, 균형, 질서,
그리고 원인과 결과의 온전한 진리에 따라
점진적으로 진화해 나갑니다.
이것이 신의 법칙입니다.

사후 세계에도 여러 수준이 있습니까?

그대가 살고 있는 인간 세계에도
여러 수준의 자각이 있지 않습니까?
그렇다면 영의 세계에도
역시 다양한 수준이 있지 않겠습니까?
의식의 가치를 말하자는 게 아닙니다.
그대는 그대의 세계와 나의 세계 모두에서
그대 자신의 청사진에 따라
의식의 본질을 자각하는 사다리를 오르고 있습니다.
실재는 하나입니다.
그대와 내가 다른 오직 한 가지 차이는
그대는 오감이 주는 정보를 믿는다는 것입니다.
그대는 감각의 힘을 인정함으로써
스스로 자신을 제한합니다.
오감이 주는 정보에 대한 믿음을 초월하는 순간
그대는 고향에서 자유를 누릴 것입니다.

사랑하는 사람을 잃는 것을 어떻게 준비해야 할까요?
할 수는 있을까요?

두 가지 대답을 주겠습니다.
우선 그대는 사랑하는 이를 결코 잃지 않습니다.
그리고 잃을 수도 없습니다.
이것을 그대의 삶에서 체험해야만 합니다.
물론 사랑하는 사람의 육체는 잃어버릴 것입니다.
하지만 죽음 너머로 가는 법을 배운다면
아무것도 잃어버린 게 없다는 사실을 알게 될 것입니다.
그대가 인간이라는 형상 안에 앉아 있는 동안에도
그대가 육체를 초월하여 존재한다고
믿기를 허락 – '허락'이라는 말에 유념하세요 – 한다면
세상을 떠난 이들과 손을 맞잡을 수 있을 것입니다.
그리고 그것이 그대의 현실이 될 겁니다.
그것은 이전에 살을 맞대고 살았던 육체적인 현실보다
훨씬 더 현실적으로 느껴질 것입니다.

육체적인 몸은 일종의 방패나 껍질이라는 사실을
알고 있습니까?
육체는 드러내 보여 주는 것이 아니라
오히려 드러나지 못하도록 방해합니다.
환영이 필요하지 않아 그에 대한 욕구가 사라지면
육체적인 몸이 필요하다는 욕구도 사라질 것입니다. ❦

이제 막 사랑하는 사람을 떠나보내고
뒤에 남은 사람들이
무엇을 어떻게 하면 좋을지
조언이나 가르침을 부탁드립니다.

아주 좋은 질문입니다.
먼저, 기꺼이 진화의 다음 단계로 가겠다는 마음을
스스로 갖게 하는 것이
죽은 사람이나 남아 있는 사람 모두에게
큰 도움이 됩니다.
이렇게 말하세요.
"안녕, 잘 가세요." "멋진 여행하세요." "행운이 함께 하길."
그리고 남아 있는 이들은 서로를 바라보며
위로도 하고 확신도 주며

필요하다면 서로 부둥켜안고 눈물을 닦아 주세요.
그리고 나서는 아주 호화로운 곳으로 가서
믿을 수 없을 정도로 멋진 식사를 즐기십시오.
자기 과제를 끝내고 떠난 영혼에게 경례를 보내고,
다시 만날 날을 기원하는 건배사를 하고
축배를 드십시오.
그리고 그대의 삶으로 돌아가십시오.

죽음이란 단지 애도만 하는 시간이 아닙니다.
그것은 진리의 시간이기도 합니다.

부정적인 감정을 해결하지 않고 억압하면,
분한 마음을 해소하지 못하고 깊이 간직하고 있으면
그것이 영혼의 의식에 전달되어
후에 다른 삶으로 돌아오게 만듭니다.
그런 것들을 풀어 버리지 못할 때
카르마의 고리가 만들어지는 것이지요.
부정적인 감정을 잘 처리하고,
관계를 말끔하게 하는 것이
양쪽 모두에게 도움이 됩니다.

"죽은 사람 욕하지 마라"고 말하는 것은
난센스입니다.
우선 '죽은 사람'이 없기 때문입니다.
그리고 죽은 사람은 보호받아야 한다는 믿음도
그들이 처해 있는 현실에 거스르기 때문입니다.
그들은 고양된 의식 상태에서
진리를 더 잘 알아들을 수 있습니다.

죽음의 문턱을 넘어섰다고 해서
커뮤니케이션이 단절되지는 않습니다.
육체적인 실체와 영적인 실체 사이의 벽은
매우 얇습니다.
그것은 지금 내가 여기 서서
그대들과 대화를 하고 있는 것만 보아도
충분히 알 수 있는 사실입니다.

비록 환영이 살아 있는 사람과 죽은 사람은
완전히 분리되어 있다고 말할지라도,
그대는 이 세상에서, 죽은 사람은 그가 있는 곳에서
같은 문제를 놓고 배우면서
이해의 깊이가 점점 더 깊어질 것입니다.
진실에 대한 그대의 깨우침이
세상을 떠난 이들의 성장에
추진력을 제공할 수 있습니다.
많은 사람들이 믿고 있는 것과는 정반대이지요.

우리가 죽은 사람에게
사랑의 메시지를 보냈을 때
그가 우리가 보낸 메시지를 받았는지를
어떻게 알 수 있지요?

우주의 영원한 힘인
사랑의 본질을 알면 알 수 있습니다.
사랑은 표현하고 보내는 즉시
동시에 전달됩니다.

그대가 보내는 사랑을 받는 수신자가
그대가 기억하고 있는 그 사람과
똑같을지 어떨지는 다른 문제입니다.
성장은 계속됩니다.
그대가 알고 있는 그의 마지막 모습을 떠올리는 것이
가장 편하겠지만,
어찌되었건 그대가 그를 생각하는 것만으로도
그에게 긍정적인 변화가 일어납니다.
확실히 그렇습니다.
죽음의 순간에는
매우 신선한 교육적인 분위기가 형성됩니다.

평소에는 "사랑해. 나랑 살아 주는 것이 고마워"라는 말을
좀처럼 하기 어려워하던 사람도

육체적인 몸에서 떠나면
그런 감정을 고백하고 기꺼이 인정하려고 합니다.
이 말은 죽는 즉시
모든 사람이 다 사려 깊어진다는 뜻이 아닙니다.
단지 좀 더 알아차린다는 것이죠.

죽음 이후에 존재하는 확장된 의식을 말하셨습니다.
그러면 마지막에는
개체성이 필연적으로 사라진다는 뜻인가요?

모두가 섞여서 하나가 될 때가 있지요?
예, 당연히 그럴 때가 있습니다.
그러나 섞여서 아무것도 없게 되는 경우는
결코 없을 것입니다. ❀

12
관계:
결혼과 이혼,
가족, 성

인간적인 사랑의 목적은
신에 대한 사랑을 일깨우는 데 있습니다.

인간적인 사랑의 길은
보다 더 광대한 실재를 체험하게 해 주는
더할 나위 없이 완전한 통로입니다.
인간적인 사랑을 통해
더 큰 사랑을 알 수 있기 때문입니다.

사랑하는 방법을 배우면
사랑하는 행위 그 자체에 마음을 열 수 있습니다.
그 사랑은 여러 가지 방식으로
세상을 향해 표현될 것입니다.

그대가 가슴을 열면
그 대상이 다른 사람이든지, 동물이든지,
소속된 공동체이든지,
또는 환경과의 관계든 상관없이
그들을 향한 사랑의 문을 여는 것이지요. 🎀

인류 역사를 통틀어 볼 때,
다양한 인간사를 거치면서,
남녀 간의 대인 관계에는
여러 가지 다른 조건들이 요구됐었습니다.

오늘날 가장 중요한 조건은
정직, 진실, 그리고 사랑입니다.
진실과 사랑은 분리될 수 없습니다.
이 둘은 손에 손을 맞잡고 갑니다.

자신의 사랑스러움을 의심할 때에는
진실하게 자기를 표현하면
자신의 안전에 해가 될 것처럼 보입니다.

그러나 자신이 호감이 가는 사랑스러운 존재,
진실과 아름다움의 빛이라고 확신할 때에는
자기를 표현하는 것이 두렵지 않고
오히려 즐거운 일이 되지요.
그러면 인간관계가 점점 더 깊어져서
경이로운 일체감에까지 이릅니다.

남녀 관계에 대해서 말씀해 주십시오.

지금 인간 세상에서는
남녀 관계에 대한 교과서가
이원성의 언어로 기록되어 있습니다.
하지만 그대들은
남자와 여자가 영원히 분리되어 있는 것이 아니고,
그대의 자기표현을 받아들일
그대의 일부분이라고 보아야 합니다.
그대들은 서로 낯선 존재가 아닙니다.
저마다 상대방의 일부분입니다.
그대가 머물기로 선택한 부분은
남자나 여자 양쪽 중 하나일 것입니다.
그게 그대들 인간 세상의 본성이니까요.
이렇게 보자면 남녀 관계도
참 자아를 찾기 위한 또 다른 길인 셈이죠.

인간적인 사랑은
영적인 사랑의 대체물이 아니라
영적인 사랑의 연장입니다.

매 생애와
각각의 생애에 맺게 되는 인간관계는
사랑을 경험하기 위한 기회입니다.
그대들이 서로를
신성하고 영원한 존재로 본다면
함께할 때 경이로움과 기쁨이 그치지 않을 것입니다.
서로를 단순히 인간의 겉모습만 보는
유혹에 넘어가지 마십시오.
내면에 있는 영혼, 그 의식을 보십시오.

소울메이트.
인간이 탐구하고 또 탐구할 주제죠.
그런데 궁극적인 진리 차원에서 보자면
그대의 소울메이트가 아닌 사람은
지구상에 단 한 명도 없습니다.

지구 반대편에 살고 있는 낯모르는 사람들도
존재의 근원에서 본다면
그대와 하나입니다.
이런 깨우침이 그대의 행성 전역에 퍼진다면
또 다른 전쟁이나
해롭고 파괴적인 성격의 다른 충돌이
그 어디에서도 일어나지 않겠죠.

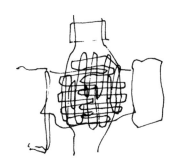

만약 짝을 그리워한다면,
그런 관계를 맺을 상대를 찾는 것이 좋을까요?
아니면 짝이 나타날 때까지 기다리는 것이 좋을까요?
또는 짝이 나타날 때까지 기다리면서,
그것에 집착하지 않는 노력을 하는 게 좋을까요?

마지막은 전혀 그럴 수 없습니다.
그대가 욕구에 집착하지 않고 초연한 태도로 앉아 있다면
그대의 욕구는 결코 충족되지 못할 것입니다.
충족되지 못한 욕구는
그대를 짓누르고 고통스럽게 하는
짐으로 남아 있을 것입니다.

그대가 의식적으로는 짝을 그리워함에도 불구하고
그 생각 자체를 밀어내 버리는
그대의 다른 부분이 있습니다.
그래서 누군가가 조심스럽게 접근해 오면
그 다른 부분이 얼른 문을 걸어 잠그지요.
자신을 살펴보십시오.
작은 집을 청소해 보세요.
육체적이고 감정적인 애정을 갈망하면서도
그대의 다른 부분은 그대의 그런 생각과 감정을
여전히 두려워하고, 거부하고, 부정하고,
비판하고, 판단하고 있다는 사실을 알게 될 것입니다.

일단 공간이 준비되면
그곳에 짝이 나타날 것입니다.

지금 한 말을 잘 생각해 보십시오.
그리고 최고로 멋진 옷을 입고 춤을 추십시오. 🏵

좀 더 고결하고
신과 하나 되기를 좀 더 추구한다면
무한하고 엄청난 사랑을 수용할 수 있을 것이며,
그대와 내가 하나라고 말하겠지요.

**우리가 지금 이 물질 차원에서 경험하고 있는
남녀의 양극성이 영의 세계에도 있습니까?**

합일의 세계에는 그런 극성이 없습니다.
남녀의 양상은 하나로 통합됩니다.
남성성이 우월하거나
또는 여성성이 우월한 경우가 없습니다.

**영의 세계에는
성(性)이 없다는 말씀인가요?**

그대가 '성'이라고 할 때
합일의 느낌, 빛과 사랑의 느낌,
경계가 없이 하나로 섞이는 느낌을 말하는 것이라면
물론 있습니다.
그러나 육체적인 성의 특성은
가슴 속으로 녹아들어 완전히 사라집니다.
우리는 이미
육체적인 성의 구별이 제공하는 교훈을 배웠기 때문에
그것이 더는 필요치 않은 거지요.

가슴이 서로 다른 방향으로 끌릴 때
가슴은 어떻게 한 관계를 선택할 수 있나요?

쾌락주의자라는 소리를 들을 각오를 하고라도
두 관계를 모두 선택할 수도 있지 않나요?
사실, 하나의 영원한 관계만 고집하면
가슴에 가슴의 지혜를 부인하는 짐을 지우게 됩니다.
이 점을 조심하십시오.
사랑이 손짓을 하며 신호를 보낼 때마다
그 사랑을 즐기고 축하하십시오.
한 번도 거짓을 맛보지 않고
어떻게 진실과 거짓을 구별할 수 있겠습니까?

이 생에서
단 하나의 궁극적인 관계를 맺어야만 할
필요나 이유가 없는 사람들이 많습니다.
사랑하는 이들이여, 기억하십시오.
여기는 천상으로 가는 길이지
천상이 아닙니다.
슬퍼하지 말고
그대의 한계를 기꺼이 받아들이십시오.
그대는 지금 한계가 있는 세계에 있습니다.

왜 많은 결혼이 이혼으로 끝나는 것인지요?

사람들의 성장 과정에 가속이 붙었기 때문입니다.
영혼은 함께하지만,
육체적 교제에 계속해서 머물러 있지 않습니다.
성장하기 위해서입니다.
받은 선물로부터 배울 바를 다 배웠을 때
성장이 일어납니다.
그대는 왜 지금이 다음 단계로 넘어갈 때라는 데 동의를 못하죠?

모든 것이 질서 있게 진행됩니다.
변화에 놀라지 마십시오.
사람들의 이혼은 속도감 있게 진행되고 있습니다.
이혼은 파멸의 구덩이로 뛰어드는 것이 아닙니다.
그대가 찾고 있던
이해의 지평으로 가는 것이죠.

결혼 생활이 악화되고 있는데 어떻게 해야 하는지요?

악화되도록 내버려 두십시오.
결혼은 관계를 일컫는 다른 말입니다.
어떤 관계가 더 이상 도움이 안 될 때
그 관계의 의미를 찾기 위해서,
그 관계가 주는 가르침을 찾기 위해서,
왜 함께하는지 그 핵심적인 이유를 알기 위해서
통의 바닥까지 긁어 가면서 찾아봤지만
찾던 것을 발견하지 못했다면
그 이상 무엇을 더 할 수 있겠습니까?

참된 결혼 생활이 아니라면
어떻게 끝낼 것인가만 남은 것이죠.

다음에 그 영혼을 다시 만날 때에는
좀 더 조화롭고, 좀 더 자애롭고,
좀 더 이해할 수 있도록
사랑으로 축복을 하면서 보낼 수 있지 않습니까?
그대는 그 영혼을 다시 만나게 될 것입니다.
모든 영혼은 궁극적으로 합일에 이르게 되니까요.
그대가 일생 동안 만난 사람 중에
다시 만나지 못할 사람은 한 명도 없습니다.
이 점을 잘 생각해 보세요.

**고통스러운 관계에서 떠날 시기를
어떻게 알 수 있을까요?**

고통을 충분히 겪었을 때 헤어질 수 있습니다.
상대방이 자신이 가야만 하는 길을 찾아서
다른 방향으로 발길을 돌린다고 해서
그대가 기운 없이 움츠려 든다면
그대는 그대 자신을 발견하지 못한 것입니다.
다른 사람과의 관계 속에서만
자신을 규정한 것이니까요.

개방 결혼에 대하여 말씀해 주십시오.

모든 사람은 각자
삶을 어떻게 경험할 것인지를 선택해야만 합니다.
내가 보기에는
'개방'이라는 말과 '결혼'이라는 말은
서로 모순되는 것 같습니다.

내가 알고 있는 결혼의 의미는
성실과 헌신으로 함께하는 것,
서로 상대의 내면에 있는 신을 존중하는 것,
그리고 할 수 있는 한 최대한 함께 성장하는 것입니다.
그런데 개방 결혼(부부가 서로의 성적 독립을 합의한 결혼 방식)이

이런 목적에 어떻게 기여할 수 있는지
나는 모르겠습니다.
그건 한 사람에게 맞춰진 초점을 흩어지게 합니다.

나는 청교도적인 입장이 아닙니다.
그대의 기질 때문에
결혼 생활 밖에서 다른 사람들과 섞일 수 있습니다.
그건 전적으로 그대가 알아서 할 일입니다.
하지만 이것만은 알아 두십시오.
그렇게 할 때 그대는
귀중한 보물을 탕진하고 있다는 사실을.

그대가 귀중한 보물을 탕진하고 있을 때에는
적게 줄 뿐만 아니라 적게 받습니다.
주는 것보다 털끝만큼이라도 더 받는 일은 없습니다.
그러므로 보물을 한 집에 쌓아 놓지 않고
여기저기에 탕진하는 것은
결론적으로 스스로 풍요로움을 거부하는 셈이죠.

자, 만약 그대의 결혼 생활이 조화롭지 못하다면
그 상황에서 뭘 어떻게 하겠다는 것인지 모르겠군요.
그대들이 함께 살아가다가
각자 다른 방향으로 성장했다는 것을 알았다면
좋습니다, 그건 두 사람 모두에게 만세를 부를 일입니다.

축복과 즐거움 속에서
각자 자기에게 더 적합한 환경을 찾아가십시오.
결혼 서약을 했고 그걸 지켜야 되기 때문에
계속 같이 살아야 한다면
그건 너무 심한 고통일 것 같습니다.

우리는 서로 사랑하고 있는데
그럼에도 결혼 생활이 권태롭고 답답한 느낌입니다.
우리가 어떻게 하면 되겠습니까?

먼저 그런 상태라는 것을 인정해야 합니다.
그대는 서서히 식어가고는 있지만
둘 사이의 사랑이
그래도 아직은 남아 있다는 것을 알고 있습니다.
그 남아 있는 사랑을 진심으로 받아들이세요.
그러면 답답함을 느끼지 않는 길을 발견할 것입니다.

사랑은 이렇다 저렇다 말할 수 있는 것이 아니며
자랑할 수 있는 것도 아닙니다.
사랑은 우주에서 가장 심오한 실재입니다.
아주 쉽게 "사랑하니까 괜찮아"라고 말하면서
옛날의 파괴적인 행동을 똑같이 계속하면 안 됩니다.

그대는 먼저 타다 남은 사랑의 불씨를
관계의 제단 위에 올려놓아야 합니다.
그리고 치료법을 이용해서, 기도로, 육체 활동으로,
그 밖에 그대가 할 수 있는 모든 방법을 동원해서
그 불꽃을 다시 살아나게 해야 합니다.
그러나 무엇을 하든지 먼저 사랑이 있어야 합니다.

사랑하는 이들이여,
"물론 나는 너를 사랑하지"라고 말할 때
매우 조심하십시오.
자신이 무슨 뜻으로 그렇게 말하는지를
확실히 알아야 합니다.
사람들은 때때로 자신을 방어하는 수단으로,
또는 자신의 애정 없음을 숨기려고
'사랑한다'고 말하기 때문입니다.
사랑은 이처럼, 체험하기 위한 것이 아니면서도
말로 표현될 수도 있답니다.

사랑은 우주에서 가장 강력한 힘이기 때문에
그 속으로 완전히 들어가기 전까지는
가장 놀라운 것이기도 합니다.
사랑 속으로 완전히 들어가는 일은
대개 환생의 마지막 생을 끝낼 즈음에 일어납니다.

권태감에 빠지지 않도록 하세요.
그것은 그대도 그렇게 생각하겠지만
안전하지 않습니다.

성적 욕망은 영성과 어떤 관계가 있나요?

사랑을 성적 욕망으로 느끼는 경우가 많습니다.
그대의 몸은 경험을 위한 도구입니다.
그대는 사랑을 체험할 때
존재 전체가 체험합니다.
사랑하는 영혼들이여,
그대들 안에 있는 모든 것이
사랑을 표현하고 체험하도록
설계된 것이기 때문입니다.

성적 욕망은 합일로 통하는 경이로운 문입니다.
그것은 상대에게 자신을 알리고
상대에게 소중한 존재가 되기 위해서,
사랑스러운 자아가 지니고 있는 모든 부분을
가능한 한 완전하게 나누기 위해서
서로 보고 보여 주려는 의지입니다.

성적 결합의 진실을 존중할 필요가 있습니다.
성적인 결합을 육체적인 차원뿐만 아니라 영적인 차원까지,

존재의 모든 수준에서 경험한다면
그것은 아마 합일에 이르는
가장 직접적인 방편이 될 것입니다.
이 점에 유념하십시오.
그대는 모든 것이며,
그대에게는 모든 수준이 공존하고 있기 때문입니다.

성행위는 진리로 들어가는 생물학적인 문입니다.

동성애는 인간관계에서 어떤 역할을 하나요?

동성애는 필요한 것입니다.
그것은 사랑하기 위한 하나의 방편입니다.
그것은 합일에 이르기 위한 하나의 방편입니다.
그것은 위장한 두려움을 들춰내는 하나의 방편입니다.
간단히 말해서, 동성애는 하나의 길입니다.

그대들은 둘 중에 어느 하나를 장려하는
환영의 세계에 살고 있기 때문에
동성애에 대한 통일된 견해를 도출하기가 어려울 겁니다.
그러나 모든 것은 점점 더 제자리를 잡아가고 있습니다.
많은 사람이 자신의 양성적인 본성을
수용하는 것을 배워가고 있습니다.
그중 몇몇이 그것을 동성애로 표현하고 있는 것이죠.

하지만 과장된 측면이 있습니다.
동성애자들도 남녀라는 육체 차원의
이원론적인 성적인 구조를 받아들이고
어느 한쪽을 선택한 거니까요.
그럼에도 불구하고, 장기적인 관점에서 볼 때
그대들의 문명에서 동성애는 건강한 표현입니다.

궁극적으로 우리는 모두 양성적입니다. ❁

가정은
영적인 성장을 위한 온실입니다.

가정이라는 환경에서는
깨우침과 성장을 피하는 것은 불가능합니다.
이런 이유 때문에 가족 제도가
이 땅의 설계에 포함된 것입니다.

한 가정에 태어난 아이는
촉매 역할을 합니다.
그 아이는 부모 안에 있는 드러나지 않은
여러 특성을 지니고 태어나기 때문입니다.
아이의 영혼은 그걸 알고 있고,
아이가 지니고 오는 그런 특성들은

부모에게 주어지는 선물이자 기회입니다.
왜냐하면 부모는 자신들 속에 있는 것들을
아이를 통해서 더 가시적인 수준에서 볼 수 있기 때문이죠.

자식을 신을 비쳐 주는 환하게 빛나는 거울로 보십시오.
또한 그들을 낳은 그대들을 비쳐 주는 거울로 보십시오.
그들은 부모의 내적인 구조가 비치는
고통스러운 반영일 수도 있습니다.
그들이 반영하는 영상은 그들의 영혼의 성장 과정입니다.

아이들은 사랑받고, 아낌을 받으며,
안내받고, 보호받고, 양육받으며,
자유롭기 위해서 그대들의 가정에 있는 것입니다.

양육에 대하여 말씀해 주십시오.

사랑이 양육의 목적입니다.
가르칠 필요도 있습니다.
위로하고 지도할 필요도 있습니다.
그러나 어느 한순간도
우월감이나 소외감을 느끼도록 해서는 안 됩니다.

그대의 자녀들은 그대를 알기 때문에
그대를 부모로 선택한 것입니다.

부모와 자식은 대개
전생에 다른 가족 구성원들 사이에서
함께 살았던 영혼입니다.

최선을 다해서
사랑, 정직, 진실, 기꺼이 속을 드러내려는 마음,
그리고 자비와 지혜로
명확하게 의사소통을 하십시오.
그렇게 하는 것이
자녀의 영혼의 목적에
최고의 도움이 될 것입니다.

누구라도 줄 수 있는 단 하나의 선물은
자기 자신입니다.
나는 자신을 주는 것보다
더 아름답고 멋진 선물을 상상할 수가 없습니다.

저의 딸은 마약을 하고 있습니다.
이에 대한 견해와
어떻게 하면 좋을지 조언을 듣고 싶습니다.

마약은 대단히 해로운 것처럼 보이고
실제로도 육체에 해롭습니다.
하지만 최종적인 파멸은 아닙니다.
신의 의식 안에 최종적인 파멸 같은 것은 없습니다.
오직 배움만 있을 뿐이죠. 그게 전부입니다.

이 일에서 무엇을 배울 것인가
스스로 자문해 보는 것이
이 문제에 접근하는 좋은 방식일 것 같습니다.
그대에게 이런 일이 왜 생긴 걸까요?
피해 의식이 아니라
감사하는 마음으로 스스로 물어 보세요.
그대가 지금 경험하고 있는 것이 무엇입니까?
그대는 무엇을 두려워하고 있습니까?
이 문제가 생긴 숨겨진 원인은 무엇일까요?
그대는 왜 일이 이렇게 되기까지 방관했습니까?
지금 딸을 판단하고 비난하는 것은
아무런 도움이 되지 않습니다.
그렇게 하면 그 아이는 치유의 길로 나가는 문을
더욱 단단히 걸어 잠그고 말 것입니다.

세상에 홀로인 사람은 없습니다.
그대의 딸도 혼자가 아닙니다.
그 아이가 마약이라는 문을 통해서
현실에서 도피하기로 결정한 일에는
그대도 관련되어 있습니다.
죄책감을 느끼게 하려고 이런 말을 하는 게 아닙니다.
단지 그대와 딸의 상호 작용에서
그대가 한 역할을 돌아보라는 거지요.
부모들은 스스로 충족하지 못한 욕구를
자녀들이 성취해서 대신 충족시켜 주지요.
딸이라는 거울이 비추어 주는 그대의 모습을 보고,
그 모습을 사랑과 은혜로 기꺼이 수용하세요. ✤

모든 어머니는 그대가 이전부터 알았던
사랑하는 이들입니다.
물질적인 행성에서는
어머니와 자녀의 관계보다
더 깊은 관계는 없답니다.

이렇게 말한다고 해서
아버지의 위치를 부정하자는 게 결코 아닙니다.
아버지들에게는 이렇게 위로를 해 줄 수밖에 없군요.
그대들도 전에는 어머니였다고.
그리고 지금도 그대들은 자녀들이라고.

여전히 친밀함으로 긴밀히 연결되어 있으니까요.

한번 가족으로 인연이 맺어지면
그 끈이 끊어지는 일은 결코 없습니다.
한번 사랑으로 연결이 되었다면
생을 마감하고 육체로는 서로 함께 할 수 없을지라도
항상 하나로 연결되어 있습니다.
가족 간의 사랑과 정을 경험한 사람은
꿈을 꾸면서, 영의 세계에서
사랑하는 이를 만날 수도 있을 겁니다.

**병으로 고생하고 계신 어머니에 대해
저는 어떤 책임이 있는 건가요?**

누군가가 아프다고 해서
그 사람은 제단이고
그대는 그대의 삶을 그 위에 바쳐야만 하는
제물이 되어야 하는 것은 아닙니다.
만약 그대가 진정으로 어머니와 함께 하고자 한다면
그건 의무가 아니라
성취이자 기쁨입니다.
사랑하는 이여,
그대의 가장 깊은 진실한 가슴은
어떤 잘못도 할 수 없다는 것을 모르겠습니까?

동물들과 의사소통이 가능한가요?

그대가 가슴을 열고
다른 종들과 친밀한 관계를 맺고
의사소통을 할 수 있을 만큼 형제애를 느낀다면
그대는 그대의 지구를 창조한
씨앗에 접촉할 수 있을 겁니다.

그 씨앗을 그대의 생명의 진실이 되도록 허용하면
모든 생명이 그대에게 말을 걸어올 것입니다.

모든 생명은 사랑이고, 사랑 속에서 나타나며,
그래서 모든 생명이 하나라는
궁극적인 현실에 그대를 맡기면,
모든 의식이 하나가 된
그 의사소통의 줄에서
모든 의식이
자기 자신을 경험하고 있음을
알게 될 것입니다.

돌고래는 우리에게 말을 할 수 있나요?

동물 세계에서 돌고래는
단지 자기 자신으로 존재함으로써
사랑과 자각을 표현합니다.

돌고래는 오래 전부터 위대한 빛을 보았고
위대한 사랑을 느낍니다.
돌고래들은 지금
그 사랑을 나누기 위해서 접촉해 오는 것이죠.
돌고래의 내면에 깃들어 있는 사랑의 의식은
자신의 사랑을 표현할 곳을 찾고 있습니다.
사랑이란 반드시
누군가에겐 주어야만 하는 선물이기 때문이죠.

돌고래에게 인간과 비슷한 사고 패턴으로
교신해 주길 요구하는 것은
너무 급하게 그들의 존재의 자리에서 나오도록
압박을 가하는 것입니다.
그들은 자신들의 존재의 자리에 가장 관심이 많답니다.
오, 친구들이여, 그대들은 자연이
자신들의 언어로 말을 걸어오도록
내버려 둘 수 없습니까? 🦋

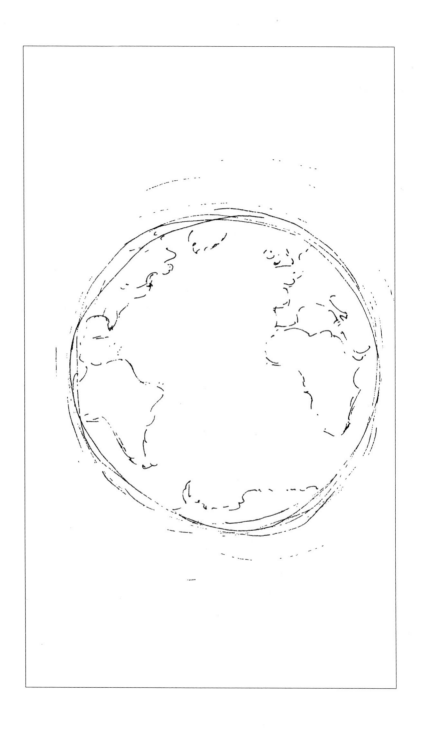

13
이 시대 이곳의 문제들:
지구의 생존, 전쟁, 정부,
낙태, 아동 학대,
대참사

단 한순간이라도
그대가 우연히 태어났다거나
그대의 세상이 혼돈과 혼란으로
서투르게 뒤범벅이 되어 있다고 여기지 마십시오.
제약이 있는 인간의 시각에는 그렇게 보일 수도 있겠죠.
하지만 내가 약속합니다.
모든 것이 질서가 있고,
적절한 때가 되면 모든 사람이
신이 어떻게 일하는지를 분명히 보게 될 것입니다.

커튼이 걷히고 그대들의 자각이 확장되면
그대들의 행성 전체가
신에게 봉헌된 빛의 대성당임을 알게 될 것입니다.
내면에서는 그대들 모두가
그대들 자신의 무한한 힘을 상징하는
제왕의 홀(笏)을 손에 쥐고 있습니다.

이 격변의 시대는 무엇을 의미합니까?

그대는 삶의 목적을 잊는 경향이 있습니다.
내적인 성찰을 위해서,
자신의 진정한 믿음을 점검해 보기 위해서,
자신의 빛을 따르며 그것을 나눠 주기 위해서,
때때로 위험과 혼란으로 가득 찬 것처럼 보이는
이 시대보다 더 좋은 배경이 어디 있겠습니까.
자신의 내면과 직면하여 성장하기에
이 얼마나 멋진 배경입니까.

세상에는 인류의 진보와 성장 과정에서
깨우치게 하고,
희망과 정의로운 자부심을 갖게 하는 일들이 많습니다.
대단히 어리석은 것처럼 보이는 사람들이
끝내 세상을 정복할 것이라는 데에 초점을 맞추는 것은
전체에 해가 됩니다.

잔인한 행위, 사악한 행위, 유치한 행위는
그대들의 교실이 존재하는 한 사라지지 않을 것입니다.
확실히 그럴 것입니다.
그러나 이런 것들이
인류를 구성하고 있는 전부라고는 생각하지 마십시오.

그대들의 세계가
온당하고 합리적이어야 한다는 주장에 빠지지 마십시오.
그대들의 세계는 합리적이지 않습니다.
투쟁이 일어나는 곳이고,
당연히 온화하지도 않고 공정하지도 않습니다.
인간이 자신의 존재 안에서
온화함과 공정함을 소중히 여기는 의식에 도달하기 전까지는
그대들의 세계는 그럴 것입니다.

우리의 행성은 파멸 직전에 있나요?

학교는 그렇게 일찍 없어질 수 없습니다.
수업의 끝을 알리는 종은 울리지 않을 겁니다.
많은 사람들이 "이제 그만 끝내죠" 하면서
수업이 끝나면 한없이 긴 휴가를 가고 싶어 해도
그럴 수 없을 겁니다.

지금 인류는 자기들이 세상을 없앨 수 있는
강한 힘을 갖고 있다고 믿으면서
철없는 어린애처럼 우쭐대는
미성숙한 모습을 보이고 있습니다.
이런 미성숙함 때문에 인류는
부정성이 확장된 절대적인 힘이 제시하는
거짓 약속에 중력에 끌리듯이 끌리고 있습니다.
그러나 그대들의 세상에는
절대적인 힘 같은 것이 없습니다.
제한된 형태로도 없습니다.

그대는 그대 내면 어느 구석에
아마겟돈 최후의 대결전을 기다리는 마음이
숨어 있지는 않은지
잘 살펴보아야 합니다.

그런 파멸이 온당치 않다는 것은
자명한 사실이며,
그대 행성의 모든 사람들이 그렇게 알고 있습니다.
그렇다면 모든 것을 꿰뚫어 보는 사랑의 의식에서는
분명 온당치 않겠지요?
그대들은 지구 인간의 사고방식으로
혹독하게 교육을 받아 왔습니다.
그대들은 내가 그대에게 화를 내면

그대는 나에게 화를 내고
그 다음 맹렬한 싸움이 뒤따른다고 생각합니다.

세상을 파멸의 문턱으로,
그리고 그 너머로 몰고 가려고
닥치는 대로 날뛰는 사람들이 있지요.
하지만 그들의 내면에도
빛을 찾는 빛의 의식이 있답니다.

그들의 길이 증오할 만한 것처럼 보일지라도
그것도 하나의 길입니다.
나는 이렇게 말하고 싶지 않습니다.
"핵무기를 끝없이 비축하는 것이
놀랍지 않은가요?"
대신 이렇게 말하고 싶습니다.
"사랑하는 이들이여,
우주의 지혜를 믿으세요.
그리고 그대와 함께 살고 있는
인간 개개인을 신뢰해 보세요."

사랑과 진리를 찾는 그대들이
혼란이라는 환영을 넘어가지 못한다면
그 안에 갇혀 있는 사람들을 어떻게 도울 수 있겠습니까?

그대는 그대의 사랑과
진리를 따르겠다는 서약의 힘으로
권능을 부여받았습니다.
권능을 지닌 그대가
자신들이 지니고 있는 공포심의 원인을 찾는 대신
그저 자신들이 세계를 파멸시킬 수 있다는
두려움에 떨고 있는 사람들의 의식을
고양시킬 수 있습니다.

다른 사람이 다가오지 못하도록
방어벽을 쌓는 것이 삶의 목적은 아닙니다.
사랑하기를 배우는 것이
삶에서 가장 필요한 일입니다.
지구의 자연 파괴와 환경 오염도
보살핌을 배울 수 있는 하나의 방편입니다.
보살피는 법을 배우게 되면
지금 진행되고 있는 현상을 바꿀 수 있을 겁니다.

지구에 관여하길 거부하지 마십시오.
좋은 세월이 많이 남아 있습니다.
인류는 대참사를 통해서
교실에서 퇴출될 이유가 없습니다.
일부 사람들이 상상하는 것보다
훨씬 더 부드럽게 고향에 돌아갈 것입니다.

그러나 과학자들이 말하는 것처럼
그대들의 행성은 소멸되는 날이 있을 것입니다.
물론 그대들의 시대는 아닙니다.
그대들이 배울 것을 다 배운 다음에는
학교 역할을 했던 지구도
고향인 빛으로 돌아갈 수 있을 것입니다.

그대들은 지구가 짓밟혀 뭉개지고,
여기저기 구멍이 뚫리고, 두들겨 부서지고,
불신하게 되고, 유독성 물질에 오염되다가
그로 인한 보상을 받아야 된다고 생각하지 않습니까?
지구도 그대들처럼
길고도 유용한 삶이 지난 후에
약간의 휴식이 필요하다고 생각하지 않습니까?

때가 되면 그대의 육체도 보내 주십시오.
육체도 일한 보상을 받아야겠지요.
의식의 일부분인 육체도
빛으로 돌아갈 충분한 자격이 있습니다.
그대들처럼 말입니다. ✿

생태계의 균형에 대해서
몇 가지 생각을 나누고 싶습니다.

이 문제는 아마 지구라는 존재와 지구에 존재하는 창조물들을
위해서 공헌을 하겠다는 자각이 있는 많은 사람들에게
흥미가 있을 겁니다. 이 문제에 대한 이야기가 그동안 우리가
이야기해 온 주제들과는 다소 거리가 있다고
느끼는 사람도 있을 수 있습니다. 이렇게 물을 수도 있겠죠.
"그런데요, 내가 영혼이고 배우기 위해서 이곳에 온 것이라면,
내가 태어나기 전에도 있었고 내가 이곳을 떠나
다른 의식 영역으로 간 뒤에도 계속 있을 것이 분명한,
다소 손상되고 초라한 이곳의 환경에 대해서 관심을
가져야 하는 이유가 뭐죠?"

이런 질문에 대한 유일한 대답은, 세계는 하나의 거울이고
이 거울을 깨끗하게 닦으면 닦을수록 자신의 모습을
더 잘 볼 수 있기 때문이라는 것이겠지요.
삶의 목적과 본질은 자아 발견이기에 이 장대한 모험에
쓰이는 자연환경도 최고 상태로 유지되어야 하지 않겠습니까?
이것이 아마 자기중심적인 견해로 보일지 모르겠지만,
어쨌든 이렇게 하는 것이 인간과 자연 모두에게
좋은 것은 분명합니다.

**우리는 왜 처음부터
반짝이는 거울처럼
깨끗한 세계를 창조하지 않은 거죠?**

그대는 그대 자신의 빛뿐만 아니라
흐리고 어두운 부분도 보기 위해서
이 특별한 거울에 들어왔기 때문입니다.
그대가 오염과 부주의를 통해서
고향의 경이로운 아름다움을 볼 수 있을 때,
손상된 외적인 현실을 넘어
사랑에 접촉할 수 있을 때,
지구 안에 존재하는 것들을 소생시킬 수 있을 것이고
그러면 지구는 다시 빛을 발하게 될 것입니다.

그대가 관련을 맺고 공부하고 있는
물질적인 세계의 특성은 투영입니다.
그대가 접촉하는 모든 것이
그대를 투영하여 되비춥니다.
무한한 의식의 바다에 단 한 영혼이라도 표류하고 있다면
지구는 맑고 투명해지지 않을 것입니다.
왜냐하면 그 영혼은 자신이 투영된 영상을 볼 것이고,
깨끗한 거울을 더럽힐 것이기 때문입니다.
틀림없이 그렇습니다.

**지금 우리가 겪고 있는
이상 기후에 우주적인 의미가 있나요?**

재난을 자연현상으로 보지 마십시오.
지구는 대단히 현명합니다.
지구는 스스로 생태 환경의 균형을 맞춥니다.

핵(核)의 위협을 어떻게 보아야 합니까?

두려움 없이 보아야 합니다.
핵의 힘 그 자체를 두려워하지 마십시오.
그 또한 신의 우주의 일부분입니다.

신의 세계에 악한 것은 없습니다.
핵도 마찬가지입니다.
핵에너지를 존중하십시오.
그리고 지혜롭게 사용하세요.
그러면 그것은 그대의 세계에서
적절한 자리를 잡을 겁니다.

문제는 부주의, 탐욕, 무분별함이지
핵의 힘 자체가 아닙니다.
문제가 되는 것은 인간의 힘,
그 힘의 오용과 두려움입니다.

두려움은 지금 그대들의 세계에서
점점 커지는 경향이 있습니다.
많은 이들이 원자력 물질을
자기 주머니를 채우는 도구로 이용하고 있습니다.

탐욕은 깊은 두려움이 방출하는 독성 폐기물입니다. ✿

요즘엔 독성이 다이옥신으로 그대를 찾아오지만
과거에는 다른 독약이나 뱀의 공격이나 전쟁,
또는 페스트 같은 전염병 등으로 찾아왔지요.
다이옥신은 부정성의 현대적 양태이며
적절하게 대처해야만 합니다.

그대가 모든 것을 의식이 창조한다는 사실을 자각하면
그 지혜가 힘이 되어 지구를 축복하고
정화하고 치료할 수 있을 것입니다.

고통받는 지구를 위해 기도하십시오.
고통스러워하고 있는 이들에게
애정, 사랑, 이해, 자비를 베풀고
그들을 축복하고 치유해 주십시오.
그대는 그대 내면의 의식 속에
모든 것을 빛으로 바꾸는 힘이 있음을
깨달아야 합니다.

모든 것을 사랑으로 보십시오.
그러면 부정적인 모든 것이 힘을 잃을 것입니다.

정부에 대하여 말씀해 주십시오.

정부는 그 나라에 거주하고 있는 사람들의
빛과 영혼의 성장 과정을 관리할 목적으로
만들어진 게 아닙니다.
모든 통치 기구들은 본래 봉사하기 위해 생겼으나
예외 없이 국민들의 필요 이상으로 커져서
괴물 같은 형태가 되어 버렸습니다.

이제는 공통의 정부가 출현해야 합니다.
국가주의라는 저항과 환영을 녹여 버리고,
하나임을 인정하며 온 인류가 함께 해야 합니다.
이것이 극명한 진실입니다.

이 진실을 거리로 나가 외치십시오.

현존하는 정부 형태들은
인류의 유치원 시절에 만들어진 것입니다.
이제는 적어도 고등학교를 졸업한 이들이
(이 환영 안에서 대학교에 들어간 사람들은 말할 것도 없습니다.)
훨씬 더 성숙한 전망을 지닌 정부를 만들어 낼 때입니다.
그러면 누가 지도자가 되든지 간에
모든 나라가 신성한 존재에 의해 통치될 것입니다.

**의식의 어떤 부분이
유대인 대학살 같은 참극을 빚어 낸 것입니까?**

"우리 모두가 책임이 있다"고 하는 것이
아주 적절한 대답일 것 같습니다.

그대들 모두는, 비록 그런 행위를
직접 저지르지는 않았을지라도
그런 잔인함, 편견, 또는 우월감 등이
그대들 내면 어디에 숨어 있는지
깊이 성찰해 보아야 합니다.
이런 그릇된 판단들은
그대들의 의식적인 마음에서 분리되어 떨어진,
지적인 수준이나 감정적인 수준에 머물러 있을 뿐이라도
수많은 잔학 행위를 유발할 수 있습니다.

희생자들을 몰아세우는 일에 가담하지 않았다고 하더라도
모든 사람이 그 일에 힘을 보탠 것입니다.
왜냐하면 몇몇의 예외를 제외하고는
그대들은 저마다 유대인 대학살 같은 상황을 몰고 온
비정상적으로 과장된 의식의 초점을
똑같이 즐기고 있기 때문입니다.

유대인 대학살은 심도 있는 학습 과정입니다.
그때 육체적으로 말살을 당한 이들은
자신들의 배움의 과정에서
나머지 인류에게 엄청난 사랑을 선물한 것입니다. ✿

지금도 대참사에 자신의 생명을 바친 영혼들과 같이
자신의 삶을 희생하는 수많은 단체와 사람들이 있습니다.
대참사의 교훈이 분명히 남아 있게 하기 위해서
지금 일어나고 있는 사건들에 좀 더 주의를 기울여야
할 것입니다. 지금은 영웅적인 행동, 희생, 사랑,
그리고 각자의 내면에 현존하는 신에 초점을
맞추어야 할 때가 아닐까요?

"지금 주변을 둘러봐야 해"라고 말하는 것보다
과거를 가리키며 "저것을 봐!"라고 말하는 것이
훨씬 쉽습니다. 그것은 지금 일어나고 있는 사건들을
바라보면 무언가를 해야만 하기 때문이지요.
기념비는 얼어붙은 사고방식에 봉헌된 것입니다.
그것들은 기준틀 역할을 하지만, 동시에 지금 계속 전개되고
있는 일들에 대한 관심을 얼어붙게 만드는 경향이 있습니다.
과거의 교훈은 분명히 배워야 합니다.
하지만 배운 다음에는 거기에 집착하지 마십시오.
배우고 그 배움을 신뢰했으면 된 것입니다.
우리는 현재를 존중함으로써 과거를 존중하게 됩니다.

큰 규모의 세계 전쟁이 또 일어날까요?

이 질문에는 대답할 수가 없습니다.
나도 이 문제에 은밀히 관여하고 있지만,
꼭 그 때문이 아니라
이미 뿌려진 빛의 씨앗들이 있기 때문입니다.
강력한 변화가 이미 일어나고 있으며,
그대들도 그 변화의 일부입니다.
지진과도 같은 전쟁은 아무 때나 일어나지 않습니다.
그것은 정치 성향의 갈등을 훨씬 넘어서는
고차적인 목적에 의해 일어납니다.

그대들은 빛의 존재, 신적인 존재들이기 때문에
그 입장에서 말해야 합니다.
그대들은 세상에 사랑을 널리 알려야 합니다.
하지만 그러려면 그대들 자신이
사랑을 먼저 믿어야만 합니다.
사랑해 보고, 사랑을 퍼트리는 일에 도전해 보십시오.
사랑하는 것 말고는
존재하는 다른 방식이 없다는 것을 알 때까지
사랑을 탐구해 보십시오.
일단 그 확고한 진실을 발견하게 되면
그 위에 발을 둘 수 있을 것입니다.

그러면 폭력과 어둠을 부정하고
지구를 치유하는 일에 신과 함께 할 것입니다.

그대들이 사랑의 눈으로 다른 사람을 바라볼 때
그대들이 말하는 기적을 창조할 수 있습니다.
빛이 확장되고, 빛이 확장됨에 따라 어둠이 변형됩니다.

절망하지 마십시오.
많은 가슴들이 열리고 있습니다.
진리를 알리는 목소리가 점점 더 많이 들리고 있습니다.
용기가 솟아오르고 있습니다.
그러한 파멸에 대해서 "안 돼"라고 말할 만큼
충분히 성장한 영혼들이 많습니다.
그대들도 이미 그렇게 말하기 시작했지 않습니까.

아동 학대에 대하여 말씀해 주십시오.

어떤 종류 어떤 형태이든지 간에
학대는 신을 능욕하는 행위입니다.
아동뿐만 아니라 어느 누구라도 학대하고 고문하는 행위는
하늘과 땅 어디에서도 용납될 수 없습니다.

학대는 인간 사이에서는 참을 수 없는 끔찍한 상황입니다.
그러나 우리는 적당히 안주하지 말고
각 영혼의 지혜를 깊이 신뢰하고
연민의 눈으로 학대 그 너머를 보아야 합니다.

학대받는 아이는 물론이고 학대하는 부모들은
그런 체험에서 무엇을 배워야 하는 걸까요?
만약 학대하는 부모들이 받아들일 의향이 있다면
학대를 받은 아이,
심지어는 학대로 생명을 잃은 아이는
부모에게 위대한 사랑과 희생이라는 선물을 준 것입니다.

학대를 체험하는 영혼들은
그들 자신의 영혼이나
조언하고 인도하는 영들만이 알 수 있는
어떤 이유 때문에 그런 체험을 선택한 것입니다.

학대를 체험한 후 그들의 영혼은
좀 더 밝아지고,
어둠의 의미를 더욱 분명하게 자각하며,
더욱 단호하고 더욱 당당하게
자신들 속의 어둠을 변화시킬 것입니다.

그대들은 신이 그들을 보는 것처럼
보는 것이 불가능합니다.
그러니 그대들의 판단을 신의 손에 맡기십시오.
그러나 아동 학대에 대한 그대들의 증오와 격분은
적절히 표현하십시오.
이런 문제들은 그대들의 인간 세상에서
문제로 제기될 필요가 있습니다.

낙태에 대하여 말씀해 주십시오.

내 생각으로는 낙태는 여러 가지 다른 문제들과
뒤섞여 있습니다. 사람은 자신의 삶에서 일어나는
모든 문제들에 대해서 충분히 자각하고 있어야 합니다.
낙태 못지않게 임신도 충분한 자각 속에서 해야 합니다.
그러나 깊은 기도와 충분히 생각한 후 낙태할 필요가 있다는
결론에 도달했다면, 이 또한 용서받지 못할 행위는 아닙니다.
그 일을 통해서 무언가 배우고자 한다면 낙태 또한
유용한 행위라고 할 수 있습니다.

내가 지금 영의 세계에서 말하고 있음을 기억하십시오.
나는 한 영혼도 결코 파멸되지 않는다는 사실을 알고 있습니다.
나는 한 영혼이 언제 태어날지를 선택하고
그때 태어난다는 사실을 알고 있습니다.
영혼은 지혜롭습니다. 자신이 선택한 때가 되기 전에는
영혼은 몸에 거주하지 않을 것입니다.

신성한 법칙은 인간의 의식 훨씬 저 너머에 있습니다.
그래서 인간의 자각 수준에서 "이건 전적으로 옳다" 또는
"너는 정말 이 문제를 깊이 생각해 봐야 할 것 같다" 또는
"그건 절대로 하면 안 돼"라고 말하기 어렵습니다.
그대들의 인간 세상에서 절대적으로 잘못된 것은 없습니다.

죄책감을 느껴야만 하나요? 아닙니다.
관심을 가져야 하나요? 예, 가져야 합니다.
책임감이 있어야 하나요? 예, 절대적으로 필요합니다.
불행한 행위 배후에서 말하고 있는 소리에
귀를 기울이려는 노력과 그런 행위에 대한 연민과 함께
자기 행위에 대한 책임을 져야 합니다.

왜 임신을 하게 되었습니까? 그대가 진정으로 바라는 게
무엇이었습니까? 결과를 책임질 수도 없는데
왜 임신을 받아들이는 처신을 했습니까?

낙태를 어떤 식으로 이해하든지 간에,
낙태는 일종의 상실입니다. 그대는 그대의 가슴을 잃었고,
아무런 의미가 없는 임신 행위 속으로 들어갔습니다.
그리고 그것을 통해서 이룰 수 있는 자신의 성취를
어느 정도는 부인한 것일 수 있습니다.

그러나 이 행위가 그대의 성장에 쓰일 수 있다면,
이 행위가 그대가 알아야 할 의미와
그대 영혼의 성장에 필요한 것과
그대 자신의 진실과 존재를 발견하는
문을 열어 줄 수 있다면,
그러면 이것은 은총입니다.

사형에 대하여 말씀해 주십시오.

신의 계명에 의하면
인간에게는 타인의 목숨을 거둘 권리가 없습니다.
물론 영혼은 죽임을 당하지 않습니다.
그저 풀려날 뿐이지요.
하지만 그것은 다른 문제입니다.
한 영혼이 인생이라는 구조물을 세웠을 때
죽음을 극심하게 자청하지도 않는데
누군가가 그의 생명을 앗아갈 수는 없습니다.

살인자를 죽임으로써 또 다른 살인을 하는 것이
그 영혼의 의식에 보상이 될까요?
나는 그렇지 않다고 생각합니다.
모든 사람의 신성함에 대한
깊은 이해가 필요합니다.

인간 체험의 길에서는
어떤 이상을 보존하기 위해서,
대의를 따르기 위해서,
또는 다른 생명을 구하기 위해서
다른 사람의 생명을 취하는 것이
필요한 것처럼 보이는 경우도 있습니다.

하지만 그렇다고 해서
살인의 심각성이 감소되는 것은 아닙니다.
정황을 참작하여 조금 완화되기는 하겠죠.

자각이 확장될수록 더욱더 책임을 지게 됩니다.
만약 자각이 없다면
다른 사람의 죽음이 그렇게 무거운 짐이 되지는 않겠죠.
자각이 있었는지 없었는지는
오직 내면에서만 알 수 있습니다.
그 의식의 깊이가 다음 생,
또 그 다음 생을 창조합니다.
잊지 마십시오.
인과관계는 이렇듯 늘 자신의 창조물입니다.

내면의 어두운 벽장에 빛이 밝혀지면
그 빛은 영원히 꺼지지 않을 것입니다.
공공의 사형집행인이 한 사람 한 사람
자기 자리를 떠나면
그 일을 할 사람이 한 명도 남지 않게 되겠죠.

"나는 죽이지 않겠다."
모두가 이렇게 말하는 세상을 그려 보세요.
세상에 어떤 평화와 아름다움이 퍼질 것 같습니까? ✺

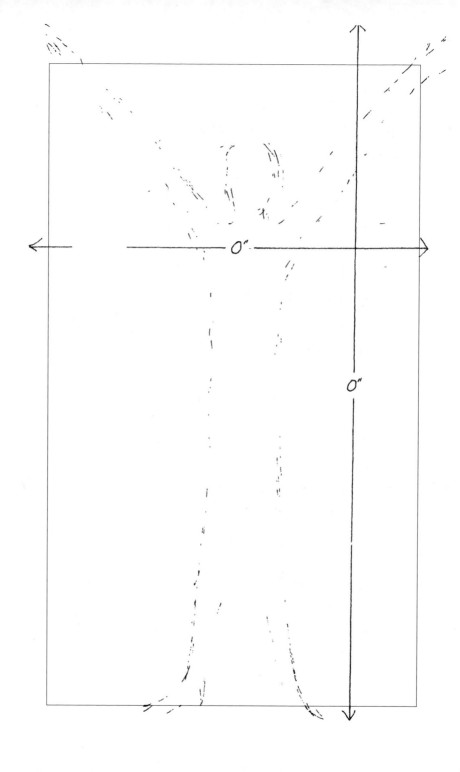

O''

O''

14
지구라는 행성 너머

우주 공간을 끝없이 돌진하며 통과하고 있는
작은 세계의 패턴은
실재를 표현하는 데 그리 적합하지 않습니다.

그대는 모든 사물과 그대의 경계선상에 있으며
그대와 사물 모든 것이 동시에 존재합니다.

그대는 내가 있는 곳에 있고
나는 그대가 있는 곳에 있습니다.
깊이와 높이와 넓이의 물질 차원은
결코 실체가 아닙니다.

그대가 만약 인간의 시야를 제한하는
안경을 벗어던지기만 하면
그대와 나는 완벽하게 동등하게
얼굴과 얼굴을 맞대고 서로를 보게 될 것입니다. ✻

그대는 빛의 존재이기 때문에
신의 우주 어디나 자유로이 여행할 수 있습니다.
그대의 특별한 의식은 물질세계 너머로
갈 수 있습니다.

그대가 빛의 존재로서
더 이상 육체가 필요 없다고 가정해 봅시다.
그러면 미망의 환영을 뒤로 하고
어디든 자유롭게 여행하면서 탐험하고 창조할 것입니다.
모든 것이 그대의 선택에 달렸습니다.
이제 그대에게 보다 더 적합한 다른 우주,
다른 의식 영역으로 들어갈 수 있습니다.
물질적인 육체가 없다면
가서 살 수 있는 행성들이 많습니다.
그 행성이 아무리 차가워도 그게 무슨 상관입니까?
그렇지 않습니까?
정말 멋진 자유를 경험하게 되겠죠.

그대는 마음이 끌리는 곳이면 어디든지,
호기심이 생기는 곳이면 어디든지,
거기서 자유롭게 머물 수 있습니다.
그대는 인간으로 살아갈 때 인지할 수 있던 것보다
훨씬 더 찬란한 빛과 색깔을 보게 됩니다.
도저히 이해할 수 없는
기묘한 소리도 듣게 됩니다.
이것은 동화가 아닙니다.
이것은 귀 덮개를 벗어던지고 듣는 소리이며,
장화를 벗어버리고 모래밭의 따스함을
맨발로 느끼는 것과 같습니다.

그대의 세계도 이런 것들을 약속하지만
그대는 그저 약속으로만 여기지요. ✿

한 생에서 인간의 형태 속에는
영혼 의식의 아주 작은 부분만이 깃듭니다.
그대가 경험하는 개성이라는 것은
아직 빛과 섞이지 못한 영혼의 작은 조각입니다.
빛과 섞이지 못하고 저항하는 부분이
인간이 되는 것이죠.

인간으로서의 체험이 덜 필요해지면
교실 환경도 덜 엄격해지며
달콤한 키스 같은 삶이 펼쳐질 것입니다. ❁

그대의 일부분이 인간으로 남아 있는 동안
무엇이 완전하며 무엇이 불완전한지를
알 수 없을 것입니다.
아마 완벽한 신의 계획 안에서는
인간의 불완전함으로 동요하고 있는 동안이
그 순간에는 가장 완전한 상태일 겁니다.

그리스도께서도 혼란을 경험했나요?

그렇습니다. 영광이 가려졌던 순간들이 있었습니다.
절대적인 깨우침의 순간도 있었지만
흐린 순간과 망각의 순간들도 있었습니다.
그래서 고뇌했습니다.

그리스도처럼 진리의 삶을 맹세한 사람이
걸쳐 입은 몸이라도
물질적인 몸 그 자체가 의식을 혼란하게 합니다.
이것은 물질적인 몸을 지닌 인간의 속성입니다.

인간으로 화신했던 크리슈나 같은 분들은
온전히 인간이 되었던 것이 아니라는 얘기가 있습니다.
완전히 인간이 되지 않고
지상에서 활동할 수 있는 그런 존재들이 있나요?

그런 일이 가능한 존재들이 있습니다.
그러나 그들은 인간 체험 드라마 안으로는 들어오지 못합니다.
여기에 미묘한 차이가 있습니다.
그리스도는 육체적인 인간 체험 속으로 들어와서
인간 체험 속에서 자신의 존재 가치와
체험과 메시지와 가르침과 헌신을 보여 주었습니다.
반면에 잠시, 또는 일 년, 또는 어느 일정 기간 동안
물질적인 몸을 입고 활동하면서도
인간 체험 안으로는 들어오지 않는 영혼들도 많습니다.
이것 역시 괜찮은 일입니다.
이를테면 붐비는 지하철이나
거리의 한 모퉁이에 불쑥 나타나서
사람들을 도와주고 가르치며 안내해 준 다음
홀연히 자취를 감추는 그런 영혼들이 있습니다.
그러나 그들은 인간으로서의 체험을 모릅니다.

에마누엘, 당신의 세계는 어떻습니까?

글쎄요, 그대와 함께 여기저기 돌아볼 수 있다면
찬란한 색깔, 감미로운 공기,
지각의 기쁨 등을 실컷 보여 줄 수 있을 것 같습니다.
그대는 안전하고, 아름다우며, 부드럽고,
믿을 수 없을 정도로 경이로운 향기를 발산하는
거리를 걸어 볼 수도 있겠지요.
그대들의 세계에서 물질적으로 기대하는 온갖 꿈들이
나의 세계에서는 이미 실현되어 있답니다.

거기에 인동덩굴도 있나요?

인동덩굴의 에센스가 있습니다.
우리는 그것을 코뿐만 아니라
존재의 모든 부분으로 흡수하지요.

그대가 자신에게 경계가 없는 체험을 허락한다면
그대의 세계에 있는 동안에도
나의 세계를 경험할 수 있습니다.
예를 들면 그대는 음식을 먹을 때
혀를 통하여 맛을 볼 뿐만 아니라,
그것의 아름다움을 보고,
(소리가 있다면) 그 소리를 들으며,

활력이 넘치는 생명을 볼 수 있습니다.

이 모든 것은 음식이 제공하는 사랑의 선물입니다.

그대의 몸이 그 빛, 그 기쁨을 서서히 흡수하게 하십시오.

따뜻한 마음으로 천천히 드십시오.

자각을 하며 음식을 드십시오.

그러면 나의 세계가 어떤지를 알 겁니다.

나의 세계는 본질적으로 그대의 세계와 같지만

그 무언가가 훨씬 더 많이 있답니다. ✿

마음은

밖으로 끝없이 펼쳐지는 우주를

향해 나아갈 수도 있고

안으로 끝없이 깊어지는 우주를

향할 수도 있습니다.

이렇게 말하면 그대들이 이해할 수 있을 것 같군요.

예를 들어 물리학자들처럼

세계 속의 세계,

다시 그 세계 속의 세계로 계속 깊이 들어가면

보이는 세계 너머로 의식이 뻗어 나갑니다. ✿

지구의 둥근 곡면이 인간의 사고를 끌어당겨
그 궤도에서 벗어나지 못하게 합니다.
그렇다면 이 궤도를 벗어날 수 있는
"직진하는" 사고는 없는 걸까요?

신에 대한 생각이
직진하는 사고입니다.
지구 궤도의 끌어당기는 힘을 초월하는
명료한 자각입니다
신에 대한 생각이라는 말은
의식 수준에 따라서 갖가지 의미를 지닐 수는 있습니다.
하지만 신에 대한 생각은 어쨌든
그대의 사고를
지구 둘레를 늘 같은 모습으로 도는 데에서
지구 궤도 밖으로 풀어 줄 것입니다.

**우리가 예수 그리스도라고 아는 영혼은
지금 다른 영역에서 살고 있나요?**

참 재미있는 질문이군요!
우리는 먼저 그대들 은하계의
물질성을 통해서 진화를 시작해야만 합니다.
그런 다음에야 망원경의 배율을 높여야만 볼 수 있는
머나먼 우주 그 너머에 있는
보다 더 위대한 실체들의 세계로 들어갈 수 있습니다.

상상할 수 있는 온갖 의식들이 있고
그들이 머물고 있는 행성들이 분명히 있습니다.
거기에 더하여
물질성을 훨씬 초월하는 영역들이 많습니다.
물질성은 무한한 거대함 속의
아주 작은 차원에 불과합니다.

지금 이 순간에도 그리스도가
빛과 진리 안에서,
기쁨과 전체성 속에서,
깊고 심원한 존중과 예배 안에서
거닐고 있는 영역이 있습니다.
그리고 덧붙이자면 – 그대들을
어리둥절하게 만들 의도는 없지만

이렇게밖에는 달리 말할 방법이 없네요 –
물질성을 띠고 있는 그대들의 행성 안에
다른 실재들이 뒤섞여 있습니다.

그대들이 명상과 기도 중에 만났던
보다 더 위대한 실재가
그대들의 자동차, 보트, 호수와 공원,
비, 그리고 그대들 자신이 있는 같은 공간에
함께 있습니다.
그대와 더불어 영원함을 나누고 있는
그 확장된 실재 속에
그리스도는 지금도 살아 있고
그대들 사이를 거닐고 있습니다.

우리는 모두 다중적인 실재 속에
동시에 현존하고 있습니다.
이 여러 실재의 위치를
지리학적으로 설명하기는 불가능합니다.
그러나 이 다중적인 실재를 의식하면
진실에 더 가까워질 것입니다.
왜냐하면 아주 작은 점에만 집중하면
세상에 모래알 하나밖에는
아무것도 존재하지 않는다고 단언할 수 있겠지만
집중하는 영역을 점점 더 넓혀 나가다 보면

언젠가는 그리스도와 손에 손을 잡고
하루하루를 살아가고 있는 자신에 대한
완전한 자각을 얻게 될 것입니다.
이것은 지리적인 것이 아닙니다.
이것은 진실입니다.

다른 행성들에도 생명체가 있나요?

예. 넘치도록 많습니다.

그대는 내가 있는 의식 차원은 물론
그대들과 비슷한 의식 차원에 있는 존재들의
사랑을 받고 있습니다.
이 존재들은 전에 그대들의 세계에 있다가
의식이 더 높은 차원으로 진화된
다른 천체에서 살기 위해 성장했습니다.
이것은 그들의 선택입니다.

지구의 과거 역사에는 인류가 혼자가 아님을 배운
여러 번의 시기가 있었습니다.
그런데 그런 교류의 신성한 목적이 성취된 다음에는
그에 대한 지식도 흩어져 없어졌습니다.
은하계 사이의 교류가
일상사의 일부가 될 날이 올 것입니다.

329 지구라는 행성 너머

이 일은 그대의 행성에 육체로 온 존재들이
가슴을 열고
다른 우주에 있는 존재들의 안내를 받아들일 준비가 되면,
어린 아이 같은 의존이 아니라
진정한 형제애로 받아들일 준비가 되면
그때 이루어질 것입니다.

**다른 곳에 있는 생명체들도
우리와 같은 형체를 지니고 있나요?**

아닙니다. 자각의 수준이
높거나 또는 낮은 '다른 곳들'이 있습니다.
그곳들은 단계이고 무대입니다.
그대들의 행성만이 신이 창조한 교실이 아닙니다.
그대들은 여기서 더 행복하고, 더 밝고, 더 흥미롭고,
더 확장되고, 더 창조적이고, 사랑으로 더 가득 찬
수많은 다른 곳으로 가게 될 것입니다.
그러니 이곳에서 졸업하는 것을
두려워할 필요가 없겠죠.

우주에서 우리와 가장 가까운 이웃은 누구입니까?
그리고 그들과의 첫 번째 접촉은 어떤 식으로 일어날까요?

우리입니다. 그리고 접촉은 이미 이루어졌습니다.
아, 나는 그대가 지구 밖의 존재에 대해서 묻고 있음을 압니다.
하지만 그대가 지구 밖이라는 말을 어떻게 이해하든지
접촉은 이미 일어났습니다.

이 말은 그대들의 인간 사회에서 기대하는 것
그 이상의 이야기를 기꺼이 듣고자 할 때
더 잘 이해할 수 있을 것입니다.
이미 다른 별에서 온 방문자들을 만났다고
주장하는 사람들이 있습니다.
그러나 그런 말을 듣기 싫어하는 사람들도 있습니다.
너무 이상한 현상입니다.
진심으로, 아직은 그들을 맞아들일
적절한 때가 아닙니다.
우리는 아직은 영의 영역, 신의 세계로
의식을 확장하는 능력을 일깨우는 일에
전념해야 하기 때문입니다.

나 개인적으로는
다른 모습을 한 존재들의 방문은
지금으로서는 혼란만 가중시킬 것이라고 생각합니다.

어쨌거나 지구 밖에서 오는 방문자들은
시간과 공간이라는 환영을 가로질러서
과거에도 왔고 앞으로도 계속 올 것입니다.
사랑하는 이들이여,
궁극적으로 모두가 하나이며
모두가 지금 여기에 있기 때문입니다.

앞으로 이 문제에 대해 생각할 때는
시간과 공간을 초월하는 실재가 있음을
자각할 필요가 있습니다.
그러면 이 질문은
물질적인 세계에 머무는 동안에만
의미 있는 것임을 알게 될 것입니다.

다른 은하계에 존재하는 영혼들도
그대들과 대단히 비슷합니다.
물론 진화한 존재들의 확장된 의식이 전하는
안내에 위대한 지혜가 깃들어 있을 수 있습니다.
하지만 그들 또한 때때로 오류를 범합니다.

신의 법칙은 신의 법칙입니다.
누구나 걸려 넘어지는 과정을 통과해야만 합니다.
지구 의식을 훨씬 뛰어넘는 존재라고 하더라도
걸려 넘어집니다.

그대 자신에게나 다른 존재들에게
완전함을 요구하지 마십시오.

**멀리서 보면
행성 지구가 어떻게 보이는지요?**

나는 빛을 봅니다.
나는 의식을 봅니다.
나는 기도와 애원, 고통과 기쁨의 물결이
파도에 파도가 겹치듯이
그대들의 지구에서 흘러나오는 것을 봅니다.
갈망하는 의식이 끊임없이 흘러나오고 있으며
치유의 흐름이 끊이지 않고 흘러들어 가고 있습니다.
빛의 물결 속에서
영적인 교감이 이어지고 있음을 감지할 수 있습니다.

작별 인사

그대들은 빛입니다.
그대들은 어디에 있든지 환하게 밝습니다.
그대들은 어둠에 다가갈 수는 있겠지만
결코 어둠 속에 있지 않습니다.
그대들은 죽음에 다가가고 있을 뿐
결코 죽음에 속해 있지 않습니다.
죽음으로 들어갈 때
생명으로 들어가는 것입니다.
죽음으로 들어가도
그대들은 살아 있기 때문이죠.

그대는 항상 그대이기 때문에
일단 그대 자신을 발견하면
영원히 안전합니다.
그리고 마침내
신의 영접을 받으며 집으로 돌아갈 때
그대는 그대 자신을
사랑과 이해로 환영할 것입니다.

용어 풀이

확장된 시각에서 보면, 결코 변하지 않을 것 같은 견고한 현실이 하나의 유쾌한 환영임을 알아차렸다면 그대가 살고 있는 세상을 심각하게 생각하지 말고 좀 재미있게 바라보는 태도가 필요합니다.

하나의 개념이 어떤 식으로든 정의되면, 그 개념이 말하고자 하는 대상과 한정된 정의가 동일시되고, 대상이 그렇게 보이는 경험을 하게 됩니다. 이 용어 풀이의 목적은 어떤 용어의 사전적인 정의를 제공하려는 것이 아니라, 얼어붙은 단어의 정의를 좀 흔들어서 풀어 보려는 것입니다. 사람은 누구나, 자신의 의식이 어떤 단어에 의미를 부여할 수 있습니다. 그러나 한정된 정의가 어느 부분에서 경직되고 제한되어 있는지를 알아차릴 필요가 있습니다. 내면에서 자신만의 용어 탐구를 하는 것은 각자의 영혼이 수행할 과제입니다.

이 용어 풀이를 갖고 즐겁게 놀아 보세요. 그대의 어휘 사전 항아리를 좀 흔들고 굴려 보십시오. 그러면 그대는 그대가 가고자 하는 곳에 이미 도달해 있음을 알게 될 것입니다. 모든 것이 그대가 정의하기에 달렸습니다.

가르침: 교훈을 주는 행위가 아니라 존재의 느낌으로 전달하는 것. 존재의 느낌은 스스로 확장할 필요가 있음.

겸손: 인간이 되는 것. 의식적으로, 열린 마음으로, 기꺼이 인간다움의 상태에 머무는 것.

공간: 의식이 자기 자신을 포기할 준비가 되는 순간 공간과 시간이 만난다.

공동체: 벽과 거리와 집과 국경을 넘어갈 필요가 있는 개념.

관계: 가슴이 고향을 찾는 것. 자신의 고향을 찾는 그리움.

몸: 주어진 생에서 그대가 맡은 과제를 끝낼 수 있도록 영혼을 감싸기 위해 그대의 의식이 만든 껍데기.

물질: 물질은 의식.

반물질: 망원경을 통해서 보는 것. 여기에 있는 것을 최극단으로 부정하는 것이면서 동시에 여전히 여기에 있는 것.

사고: 그대가 인간이라는 몸 안에 있는 동안에 경험하는 아주 중요한 기능. 사고의 한정적인 사용에서 자유로워지면 전체 존재 양태의 내적인 표현이 된다.

사랑: 정의하는 순간 힘을 잃는다. 행동으로 정의하려고 하면 바뀌는 것. 사랑이 없이 살 때 알게 되는 것. 거기에 빠짐으로 알게 되는 것. 참 자아를 잃을 때 잃게 되는 것. 참 자아를 발견함으로써, 또는 참 자아 찾기를 추구할 때 발견하는 것.

삶: 성장을 위한 것. 이 외에는 다른 목적이 없음.

상징: 인간 존재의 모든 것. 개념으로 고정시키는 순간 정반대가 된다.

상징학: 무언가를 압축하는 것. 언어는 상징학의 가장 좋은 예다. 의사소통에서는 정확한 의미 전달보다 많은 오해가 생기게 하는 것.

성장: 기꺼이 변화하고, 배우고, 경험하고, 확장하고, 축하하고, 기뻐하고, 예배하고, 그리하여 궁극적으로 순응하는 것. 성장은 육체의 성장이나 감정을 통한 학습 그 이상임. 자신의 내적인 실체, 특히 어두운 영역을 탐색하려는 자세. 자신이 어떻게 되기를 바라는지 스스로 묻는 것. 이것이 성장이다.

세계(세상): 배움의 환경, 투쟁으로 투영되는 경우가 자주 있다.

시간: 일종의 그릇, 일종의 형태. 휴식처. 의식은 무한한 실재에 머물 수 없을 때 시간에 의존한다. 그러므로 시간의 본질은 의식이다. 시간은 존재다. 시간은 가장 작은 실재이며 가장 확장된 실재다. 순간이 영원이기에.

아름다움: 기대하지 않았던 곳으로 자신을 자유롭게 흘러가도록 허용할 필요가 있음을 말하는 용어.

영원: 약간의 확장이라고 할 수 있는 말.

영혼, 영, 의식: 세 단어를 동의어로 보아야 함. 존재는 영원한 의식이다. 그리고 의식은 영혼이라고 하는 집에 거주한다. 이 역시 영의 영역이다. 이 세 단어를 절대적으로 정의하기는 불가능하다.

은총: 신의 의식의 기본 구조. 영원한 사랑. 모든 것이 은총이다.

인간다움: 딱딱하고 굳은 갑옷이 아닌, 구멍이 숭숭 뚫린 유연한 실체.

진리: 있는 그대로 그러함. 진리는 누가 만들어 낸 것이 아니다. 각 사람은 저마다 자기 방식으로 이것을 표현한다.

카르마: 특정한 이번 생을 지나가는 여행의 교과서.

하나인 상태(합일): 확장, 그리고 그 확장 속에서 나는 그대이고 그대는 나이고 우리는 함께 사랑이다.

환영: 순수한 빛과 의식이 아닌 모든 것.

절대 자유와 평화의 맛:

에마누엘의 영적인 수련

1. 자기 자신과 타인을 사랑하는 수련
2. 내면의 메시지에 동조하는 수련
3. 두려움을 다루는 수련
4. 생기를 되살리는 수련
5. 자기 자신과 친숙해지는 수련
6. 자아를 재인식하는 수련
7. 이번 생의 과제를 발견하는 수련
8. 전생의 기억을 되살리는 수련
9. 더 큰 자아로 확장하는 수련
10. 육체의 한계를 지우는 수련
11. 지금에 머무는 수련
12. 자기를 점검하는 수련

수련: 의식 확장을 위한 몇 가지 수단과 방법

이 수련은 그것을 하는 순간에 자신의 능력에 맞게 수행해야만
합니다. 가장 먼저, 힘을 들여 해야 할 일은 가만히 앉아서 침묵의
시간이 얼마나 유익할 수 있는지를 체득하는 것입니다. 그런 다
음에 여러 가지 더 깊은 수련을 향해 갈 수 있습니다. 예를 들어

자기를 사랑하는 연습이나 참 자아의 영원성을 찾는 등의 특별한 수련을 시작할 수 있습니다.

자기 판단을 내려놓고, 두려움을 뚫고 더 깊이 들어가서 모든 인간의 내면에서 합일이라는 흔들리지 않는 요새를 발견하겠다는 의도를 지니고 앉아 있기로 결심했다면 다음 단계로 나아갈 수 있습니다. 어느 때 어떤 수련을 하든지 마음에 끌리는, 자신에게 필요하다고 느끼는 방법을 따르십시오. 그대의 욕구가 바뀌면 수련법도 기꺼이 바꾸십시오. 융통성 없이 어떤 특정한 방식만을 고집하는 것은 명상의 목표에 이르는 데 가장 큰 장애가 됩니다. 이 수련법들은 영혼이 즐거워하는 것을 선택할 수 있도록 열려 있습니다.

여러 가지 방식의 수련법은 모두 독특하고 특유의 목적을 지니고 있습니다. 물론 궁극적인 목적은 자유로워지는 것, 인간의 경험의 한계를 초월하여 한순간 궁극적인 자유와 평화를 맛보는 것입니다.

자, 그럼 이제 시작하겠습니다. 이 수련법들은 내가 만든 것이 아닙니다. 이미 몇 세기에 걸쳐 수많은 영혼들, 몸을 입었거나 입지 않은 빛의 존재들이 고안하고 만든 것들입니다. 나는 그대로 전해 주는 것일 뿐입니다.

이 방법들에 따라 수련하는 사람은 성찰을 통해서 자기를 발견하는 기쁨을 맛볼 수 있을 뿐만 아니라, 자기가 발전하고 있다는 사실을 알고 스스로를 칭찬하게 될 것입니다.

340

1. 자기 자신과 타인을 사랑하는 수련

사랑하는 연습은 자기를 사랑하는 것부터 시작하는 것이 좋습니다. 자신을 사랑할 수 있게 되면 그 사랑을 다른 사람들과 나눌 수 있게 됩니다. 마치 봄날의 달콤한 키스처럼 사랑이 다른 사람들에게 부드럽게 흘러갈 것입니다. 자, 그럼 이제 약간의 숙제를 드리겠습니다.

손에 종이와 연필을 들고 혼자 거울 앞에 서십시오. 종이를 반으로 접어서 종이 왼편에 "내가 받아들일 수 있는 나의 모습"이라고 쓰십시오. 사랑하는 나의 모습이 아니라 받아들일 수 있는 나의 모습이란 점에 주의하세요. 그리고 오른편에는 "내가 받아들일 수 없는 나의 모습"이라고 쓰십시오. 그리고 거울에 비친 자신의 영상과 정직하고 열린 자세로 이야기를 주고받으십시오.

그대 자신의 여러 수준을 살펴보십시오. 가장 높은 수준부터 가장 낮은 수준까지, 가장 성숙한 부분부터 가장 미성숙한 부분까지, 가장 상냥한 부분부터 가장 거친 부분까지, 가장 사랑했던 모습부터 가장 분노했던 모습까지 샅샅이 살펴보십시오.

사랑, 연민, 증오, 격분, 질투, 희생 등 모든 것을 다시 체험해 보십시오. 그리고 그대가 스스로를 어떻게 판단하는지, 그대의 사랑스러움을 스스로 얼마나 믿지 못하는지, 자기 비난에 얼마나 몰두하고 있는지를 하나하나 간략하게 정리해 보십시오.

이런 자기 관찰은 가혹하게 하면 안 됩니다. 정말, 정말, 그렇게 하면 안 됩니다. 스스로에게 가혹한 것은 지금까지 한 것만으로도 충분합니다. 하지만 진실을 외면해서는 안 됩니다. 진실로 자신을 사랑할 때 그러지 못했던 자신의 모습에 가슴이 찢어지는 듯한 부끄러움을 느낄 것입니다. 그대는 사랑을 배우기 위해서 왔습니다. 그대는 자신을 사랑하는 것 이상으로 다른 사람을 사랑할 수 없습니다. 그리고 다른 사람을 사랑하는 것 이상으로 신을 사랑할 수 없습니다.

거울 속의 영상과 적어도 10분 동안 이런 식으로 대화를 하십시오. 물론 더 하고 싶다면 더 하십시오. 몇 시간을 해도 괜찮습니다. 하지만 아무리 못해도 10분은 넘겨야 합니다. 그리고 눈을 감고 찬란한 사랑의 빛 속에 잠겨 있는 자신의 모습을 그려 보십시오. 그런 자신의 모습을 받아들이십시오. 그 사랑의 빛을 온몸의 모든 숨구멍으로 빨아들이십시오. 그대는 매일 매 순간 사랑 속에서 목욕하고 있습니다. 그대가 바로 사랑이기 때문입니다.

2. 내면의 메시지에 동조하는 수련

매일 자주 이렇게 질문해 보십시오. "지금 내가 뭘 원하고 있는 거지?" "지금 내가 어떤 결정을 내리고 있는 거지?" "지금 나는 누구지?" "지금 내가 뭘 하고 있는 거지?"

이 수련은 내적인 자각에 초점이 맞추어져 있습니다. 그대 자신의 진정한 본질에 동조하는 이 수련은 완전히 다른, 선택의 자유를 가져다 줄 것입니다.

3. 두려움을 다루는 수련

무엇이든지 어려운 부분에 초점을 맞추면 두려움의 종이 됩니다. 쉽게 생각하는 훈련을 하면 안정감을 얻게 되고, 그러면 두려움은 문제가 되지 않습니다.

자, 두려움 없이 사는 모습을 상상해 보십시오. 평범한 길을 걸어가는 자신을 상상해 보는 것으로 시작해 봅시다. 이곳에서 저곳으로 이동하면서 얼마나 자주 두려움에 마주치는지를 보십시오. 무서움이나 공포만이 두려움이 아닙니다. 저항, 제약, 망설임, 짜증 또는 의심도 두려움입니다.

그런 다음, 두려움 없이(복잡한 문제는 나중에 처리하면 되니까요) 어떤 단순한 일을 완전히 끝내는 자신의 모습을 그려 보십시오. 매일 5분 정도 이 훈련을 하십시오.

4. 생기를 되살리는 수련

내면의 자아 속으로 들어가서 그냥 그 속에 머무십시오. 내면의 자아 속에서 잠시 호흡하십시오.

지금 무엇이 피곤하고 지치게 만들고 있는지 자문해 보십시오. "지금 무엇을 하고 싶은가? 무엇을 억누르고 있는가? 무엇을 거부하고 있는가?"(인간의 몸은 그대들이 생각하는 것만큼 그렇게 많은 휴식을 필요로 하지 않습니다. 인간의 몸에 필요한 것은 억제를 놓아 버리고 몸이 스스로 자신을 표현하게 해 주는 허용입니다. 열정이 자유롭게 흐르게 하는 것이 필요합니다.)

피곤함의 99퍼센트는 무엇을 해서가 아니라 하고 싶은 것을 하지 못해서 생깁니다. 그런가 안 그런가 한 번 잘 생각해 보십시오.

무엇인가를 파멸시키는 것이 아니라면 하고 싶은 것을 하도록 스스로 허용해 보십시오. 그것은 그대들도 알다시피 방종이 아니라, 자기 존중입니다.

5. 자기 자신과 친숙해지는 수련

내면의 침묵 속으로 들어가십시오. 방으로 들어가는 자신의 모습을 그려 보십시오. 방 안에는 그대 혼자 있습니다. 어느 순간 그대는 방 전체를 가득 채우고 있는 그대의 진정한 모습, 내면의 아름다움에 감싸여 있는 그대의 모습을 자각합니다. 그런 그대의 모습과 부드럽고 사랑스럽게 친숙해지십시오.

이제 그대가 발견한 그대 자신의 손을 잡으십시오. 그대가 발견한 그대와 함께 방에서 나오십시오. 남은 생애 동안 그와 친숙하게 지내십시오, 지금 그대가 만난 그 존재는 그대의 일생 동안 그대가 자신을 알아주기를 기다려 왔습니다. 일단 진정한 그대를 발견하면, 그리고 그대 자신으로 존재하는 법을 배우면(그러려면 이런 연습을 많이 해야 합니다. 이런 연습을 적어도 하루에 한 번 이상 할 것을 강력히 권합니다.) 다른 사람들이 그대를 어떻게 생각하든지 별 문제가 되지 않는다는 것을 알게 될 것입니다. 그러면 자유롭게 되지 않겠습니까?

6. 자아를 재인식하는 수련

매일 10분 동안 그대가 어느 곳에 있든지 그대의 모습은 그곳에 빛을 퍼트리는 기분 좋은 사명을 수행하고 있는 신적인 존재라고 그려 보십시오.

평화, 기쁨, 그리고 고통 없음을 믿고 환한 미소로 편안하게 사랑과 기쁨을 베푸는 그대의 모습을 그려 보십시오.

해 보십시오. 이것은 그대가 여태껏 만난 것 중 가장 파급력이 크다는 사실을 알게 될 것입니다.

7. 이번 생의 과제를 발견하는 수련

그대는 무엇에 최선을 다하고 있습니까? 그대에게 최고의 성취감을 주는 것이 무엇입니까? 그것이 그대의 과제입니다.

가슴은 기도와 명상으로 뿐만 아니라 인간적인 순수한 욕망으로
도 말을 합니다.

8. 전생의 기억을 되살리는 수련

이 수련을 하려면, 가장 소중한 사람과 서로 편한 시간에 편안하
게 마주보고 앉는 것이 필요합니다. 서로의 손을 잡고 눈을 감은
채 말없이 어떤 영상이 떠오르기를 기다리십시오.

강제로 무엇을 떠올리려고 하면 안 됩니다. 더 큰 실재를 신뢰하
십시오. 그 실재가 그대들의 의식적인 마음보다 훨씬 더 지혜롭고
훨씬 더 창조적입니다. 그리고 잠시 후에 서로에게 떠오른 영상에
대해 이야기해 보십시오. 확실히 장담합니다. 이 수련은 그대들이
전생에 많은 인연이 있었음을 놀랄 정도로 확인시켜 줄 것입니다.

9. 더 큰 자아로 확장하는 수련

눈을 감고, 오른손 엄지손가락에 의식을 집중하십시오. 그것의
크기를 느껴 보십시오. 그대는 그 손가락을 잘 알고 있습니다. 크

기나 모양이나 그 손가락이 어떻게 느끼는지를 알고 있습니다.

이제 의식으로 그 손가락의 크기를 점점 확장시켜 보십시오. "이게 내 손가락이다"라는 느낌을 지닌 채로 그대가 편안하게 느끼는 범위에서 최대한 확장시켜 보십시오.

이제 그대의 손가락이라고 느끼는 그 느낌의 경계 너머로 의식을 확장시켜 보십시오. 그러면 손가락이라는 느낌의 공간에도 자아가 채워져 있음을 알게 될 것입니다. 내 손가락이라는 친숙한 느낌의 경계 밖으로 손가락의 경계를 점점 더 밀어내 보십시오. 내 손가락이라는 느낌이 있는 한 계속 그렇게 확장해 보십시오.

내 손가락이라는 느낌이 있는 범위에서 그 느낌의 경계를 계속 확장시켜서 더 큰 자아로 확장해 나가는 것, 그리하여 아는 것 너머의 모르는 것에 기꺼이 도달하려고 하는 것, 이것이 그대가 해야 할 일의 전부입니다. 그대의 의식이 모르는 것 속으로 확장해 들어가는 그 순간 모르던 것을 알게 됩니다.

10. 육체의 한계를 지우는 수련

눈을 감고 머릿속으로 그대 몸의 윤곽을 마치 진한 연필로 그리듯이 그려 보십시오. 정확하게 그려야 합니다.

이렇게 자기 몸의 윤곽을 그려 봄으로써 그대의 개성, 즉 에고 구조를 명확하게 확인할 수 있습니다.

이제 큰 지우개로 그대가 그린 몸의 윤곽을 지우는 상상을 하십시오.(어떤 부분은 다른 부분보다 잘 안 지워지는 경우가 있는데, 이 정보는 나중에 자아 탐구를 할 때 유용하게 쓰일 것입니다.)

머리 꼭대기에 도달하면 그 부분은 더욱 철저하게 지우십시오. 어떤 현상이 나타나더라도 그냥 나타나도록 내버려 두십시오. 시간을 주고 지켜보십시오.

참 자아의 의식이 확장되도록 허용하십시오.

그대는 지금 인간의 육체적인 체험이라는 환영에 도전한 것입니다. 얼마나 용기 있게 지우느냐에 따라서, 그대는 육체와의 동일시 훨씬 너머로 확장해 나갈 수 있습니다.

11. 지금에 머무는 수련

실제로 영원한 지금밖에 없습니다. 영원한 지금에 도달하기 위해서는 특별한 노력이 필요치 않습니다.(특별한 노력을 하지 않고 숨만 쉴 수 있으면 됩니다.)

눈을 감고 지금 이 순간에 의식의 초점을 맞추십시오. 호흡을 의식하십시오. 들고 나는 숨을 주시하십시오. 이제 숨을 들이마시면서 존재의 다음 순간으로 들어가십시오. 숨을 내쉬면서 존재의 이전 것들을 다 뱉어 내십시오. 들이쉬면서 미래로 들어가고, 내쉬면서 과거를 뱉어 내십시오. 이걸 반복하세요.

의식적으로 호흡을 주시하십시오. 숨을 내쉴 때마다 자유로움을 경험하고, 들이쉴 때마다 현재의 순간을 느끼십시오. 이게 전부입니다. 잠시 이 수련을 하십시오.

이제 숨을 끝까지 깊게 들이마신 후, 거기서 잠시 멈추십시오. 숨을 강제로 참지 말고 자연스럽게 잠시 멈추었다가 내쉬십시오. 들숨과 날숨 사이의 공간을 느끼면서 그곳에 머무십시오.(다시 말씀드립니다. 강제로 하지는 마십시오.) 그대는 영원한 현재에 접촉하고 있는 것입니다.

이 수련을 계속하면 들숨과 날숨 사이의 공간이 넓어질 것이고, 그곳이 그대의 거주처가 될 것입니다. 미래도 없고 과거도 없으며 오직 존재만 있을 것입니다.

12. 자기를 점검하는 수련

일상생활을 하면서 때때로 다음 사항을 점검해 보십시오.
1. 사랑하기를 언제 멈추었는가?
2. 언제 자신은 사랑받을 가치가 없다고 믿게 되었는가?

끝맺음 말

주디스 스탠턴

이 책은 에마누엘의 관점을 소화하고 흡수하는 작업을 5년 넘게 해온 결과물입니다. 이 책에는 패트, 롤런드, 람 다스, 그리고 내가 명상을 하면서 에마누엘과 서로 이야기를 나눈 내용이 담겨 있습니다.

에마누엘은 말했습니다.
"이 책을 출판하기 위해서, 그리고 우리가 다룬 모든 주제의 진실을 알리는 데 공헌해야겠다는 그대들 각자의 내면에 있는 목적을 성취하기 위해서 그동안 여러 가지 주제들에 주의를 집중하고, 계획하고 또 다시 새롭게 계획하고, 깊이 탐구하고, 엄밀하게 탐색하는 과정이 필요했습니다. 빛임을 망각했던 소중한 존재들인 그대들은 이 일을 해냈습니다. 그대들은 단어를 통해서, 구절이나 어법을 통해서, 그리고 모든 개념 그 자체에서 그대들이 잊고 있었다고 생각하던 많은 것들을 다시 믿는 용기를 여러 번 보여 주었습니다. 이런 이야기를 처음 들을 때는 그대들은 믿기 어렵다고 생각했었지요.

그대들 중에 동경의 산에 처음 올라온 사람은 아무도 없습니다. 그대들은 이 산꼭대기까지 오르겠다고 굳게 결심을 하고 오고 또

왔습니다. 그러나 번번이 돌아서 우회하고, 멈추고, 잠시 두려워하기도 했습니다. 그 두려움은 '무엇'을 하기 위해 온 그대가 '누구'인지를 망각한 데서 비롯된 것이었지요.

그 '누구'가 누구인지 인지하게 되면 '무엇'은 전혀 중요하지 않게 됩니다. 그대들은 모두 이 점을 잘 알고 있습니다. 하지만 다른 것들도 대개 그렇듯이 반복해서 되새길 필요가 있습니다. 인간의 기억은 매우 짧기 때문이죠. 진리라고 알게 된 것을 잊지 않고 간직하겠다고 결심하더라도 기억에 구름이 끼는 것 역시 인간 경험의 일부입니다. 이 책은 그 망각에 대한 대비책으로, 그대들이 망각한 것을 되살리는 문을 몇 번이고 열어 줄 것입니다.

기억을 되살린 후에는 또 흐름에 따라 흘러가십시오. 집착할 것은 아무것도 없습니다. 무언가를 더 기억하려고 할 필요도 없습니다. '있음'과 절대적인 믿음만 있으면 됩니다. 그저 '있음'으로 존재하는 동안에는 아무것도 통제할 필요가 없습니다. 오직 '있음'만이 신의 절대적인 안전입니다."

그 '무엇'에 대한 이 책을 만들면서 우리는 우리가 다룬 모든 문제에 대한 진실을 계속 되새기면서 작업을 했습니다. 망각했던 여러 가지 것들에 대한 믿음을 거듭해서 회복하는 용기는 점점 더 강해졌습니다. 나의 경우는, 반복해서 되새기는 과정에서 경험의 흐름을 방해하던 여러 가지 두려움이 용해되는 체험을 했습니다.

나는 이 책을 반복해서 읽으면서 이 책의 메시지를 자신의 삶에 적용해 보길 권합니다. 이 책을 통해서 망각을 일깨우는 문을 거듭해서 열기를 바랍니다. 그리고 영원한 안전을 일깨워주는 에마누엘의 인도를 더 가까이에서 받을 수 있기를 바랍니다.

에마누엘에게 고마움의 인사, 나의 가슴 밑바닥에서 우러나오는 깊은 고마움의 인사를 드립니다.

행복한 지구 생활 안내서
- 에마누엘의 메시지

1판 1쇄 발행일 | 2018년 9월 20일

편집	패트 로데가스트, 주디스 스탠턴
그림	롤런드 로데가스트
옮김	정창영

펴낸이	권미경
펴낸곳	무지개다리너머
주소	서울시 은평구 웅암로 310 파인빌딩 501호
전화	02-357-5768
팩스	0504-367-7201
이메일	beyondbook7@gmail.com
블로그	blog.naver.com/brbbook
페이스북	facebook.com/brbbook
등록번호	제25100-2016-000014호(2016. 2. 4.)
ISBN	979-11-956821-8-8 03840

이 도서의 국립중앙도서관 출판사도서목록(CIP)은 서지정보유통지원시스템 홈페이지
(http://seoji.nl.go.kr)와 국가자료공동목록시스템(http://www.nl.go.kr/kolisnet)에서
이용하실 수 있습니다.(CIP제어번호: CIP2018028633)